KB082141

지혜로운 여자가 답이다

지혜로운 여자가 답이다
이정옥 지음

초판 인쇄 2019년 12월 15일
초판 발행 2019년 12월 20일

지은이 이정옥
펴낸이 신현운
펴낸곳 연인M&B
기 획 여인화
디자인 이희정
마케팅 박한동
홍 보 정연순
등 록 2000년 3월 7일 제2-3037호
주 소 05052 서울특별시 광진구 자양로 56(자양동 680-25) 2층
전 화 (02)455-3987 팩스(02)3437-5975
홈주소 www.yeoninmb.co.kr
이메일 yeonin7@hanmail.net

값 18,000원

ⓒ 이정옥 2019 Printed in Korea

ISBN 978-89-6253-477-1 03810

지혜로운 여자가 답이다

영원히, 여성적인 것이 우리를 끌어올린다 괴테

이정옥 지음

연인M&B

영원히, 여성적인 것을 찾아

그대 마음이 있는 곳에 그대 보물이 있다.
—파울로 코엘료

등불 찰스 빌텐스퍼거 1870–1931 미국

만일 낮만 있고 밤이 없다면 지구는 어떤 모습일까? 불타는 황무지일 것이다. 꽃피는 봄의 짝으로 열매 익는 가을이 있듯, 우주는 두 기(氣)의 순환 원리로 운행되고 있다. 그런데 왜 여자로 태어난 것을 서러워하는가? 이런 물음으로 고민하던 시절 괴테로부터 위로받은 적이 있었다. 그가 〈파우스트〉에서 말했다.

"영원히, 여성적인 것이 우리를 끌어올린다."

해가 서산에 기우니 답이 궁금하다. 창을 흔드는 바람 소리에 눈을 뜬 순간 거짓말처럼 찾고 있던 답의 실마리 '아름답다'와 '잘 생겼다'라는 말이 떠올랐다. '잘 생겼다'라는 말에는 논리적이고 현실적인 남성의 특성이 담겨 있다. '아름답다'라는 말에는 부드럽고 감성적인 여성의 특성이 담겨 있다. 러시아문학의 대표작가 도스토예프스키도 말했다.

"오직, 아름다움만이 세상을 구원하리라."

이야기 하나 멈추지 않으면 놓치는 것들
여자더러 세상을 구원하라니 어깨가 무거울 수도 있다. 하지만 걱정할 것 없다. 구원은 울기도 하고 웃기도 하다 문득 아름다움에 감탄하는 순간에 있기 때문이다.
길섶 이름 모를 꽃에게 안부를 묻는 순간, 떠오르는 해를 향해 두 손을 모으는 순간, 해질녘 우수를 바라보며 하루에 감사하는 순간. 그 순간들이 바로 구원의 순간이다.

여성의 사회 진출이 많아졌다. 그들 중에는 일생 동안 한 번도 구원의 순간을 살아 본 적 없이 앞만 보고 달리는 여성도 있다. 그들은 집안일과 직장일 모두 자기가 해야 하는 완벽주의자다. 이런 여성을 슈퍼우먼이라 한다.

지나가는 기차 마리안네 스토커스 1855–1927 오스트리아, 1890

계속 일하기 위해서는 쉼이 필요하다. 슈퍼우먼의 삶에는 쉼이 없다. 결국 그들은 지친다. 마음이 지치면 몸도 아프다. 슈퍼우먼들이 안질, 두통, 불안감 등을 호소하기 시작했다. 이름하여 슈퍼우먼증후군이다. 현대라는 이름의 열차! 이 열차의 우울은 속도에 있다. 가끔 간이역에 내려 석양의 아름다움을 바라보며 감동하기도 해야 한다. 꽃비를 맞으며 계절의 아름다움에 감격하기도 해야 한다. 멈춤의 시간을 갖지 않으면, 태풍에 쓸려 떠내려갈 수도 있다. 새들러와 크레프트가 〈핫 에이지, 마흔 이후 30년〉에서 말했다.

"존재감을 되찾기 위해서는 행위를 잠시 멈출 필요가 있다."

슈퍼우먼증후군에서 탈출하여 존재감을 되찾은 여인이 있다. 그녀는 작가가 되고 싶었는데 엄마 뜻에 따라 의사가 되었다. 어느 날 대학 동창이 "소독 냄새에 지쳤어"라는 말을 남기고 생을 마감했다. 그 충격이 얼마나 컸으랴. 가운을 벗어던지고 길을 나섰다. 지금 시인이며 수필가로 행복한 그녀의 회상이다.

"의사는 제 천직이 아니었어요. 인생에는 전환이 필요한데 친구의 죽음이 저를 멈춰 서게 했어요."

기회는 선물이다. 하지만 기회가 찾아왔는데도 잡지 않으면 기회는 머물지 않고 떠나버린다. 그런 일은 언제 일어나는가. 멈춤을 잊은 채 앞만 보고 달릴 때 일어난다.

이야기 둘 아름다운 선율이 흐르는 강변에서

모든 여성이 아름다움을 열망한다. 하지만 외모의 아름다움은 영원히 여성적인 괴테의 아름다움이 아니다. 구원을 노래한 도스토예프스키의 아름다움은 더더구나 아니다. 우리를 천상으로 이끌고 인류를 구원할 아름다움은 영혼의 아름다움에 있다.

영혼은 사랑을 통해 꽃으로 피어나기를 원한다. 사랑이 없는 삶은 우울하다. 그러지 않으려면 걸음을 멈추고 물어야 한다. 출세지향주의에 지쳐, 기계문명의 속도감에 지쳐 우울한 것은 아닌지?

아름다움을 예찬하다 에드워드 번 존스 1833-1898 영국, 1868

슈퍼우먼의 이름표를 던지고 북한강변에 둥지를 튼 여인이 있다. 직장을 그만둔 것을 한 번도 후회한 적이 없다는 그녀 말이다.

"음악이 없었다면 세상이 얼마나 삭막했을까요? 문학이 없었다면 셰익스피어는 런던 뒷골목 채소가게 아저씨였을지도 모르지요."

그녀 말처럼 예술이 없었다면 세상은 무미건조했을 것이다. 예술은 어디서 태어나는가? 아름다움을 예찬하는 사람들의 뜨거운 가슴에서 태어난다. 〈오, 자히르〉에서 파울로 코엘료가 한 말이다.

"인간은 두 가지 중요한 문제를 안고 있다. 하나는 언제 시작할지를 아는 것이고 다른 하나는 언제 멈출지를 아는 것이다."

이야기 마무리 왜 지혜로운 여자가 희망인가?

지혜는 시작할 때와 멈출 때를 안다. 지혜는 사리를 바르게 판단하는 슬기로움이다. 오늘도 많은 슈퍼우먼들이 멈춤을 잊은 채 급행열차에 올라 지식 쌓기를 경쟁하고 있다.

인생의 행복은 기쁨에 있다. 속도에는 즐거움은 있어도 기쁨은 없다. 속도의 사상가로 알려진 프랑스 철학자 폴 비릴리오가 말한다.

"속도는 공허함을 불러들이고 공허함은 조급함을 재촉한다."

사랑이 없는 아름다움은
영혼이 외출한 육체의 공허를 닮았다

꽃이든 사람이든 그 무엇이든
사랑의 대상에는 한계가 없다

사랑은 삶에 대한 열정이며
사랑은 목마름을 눈치채는 시선이며
사랑은 만물에 대한 감사인 것을.

지혜와 진리가 강림하자 어둠이 사라지다 피에르 프뤼동 1758–1823 프랑스

지혜로운 여자가 희망이다!

기자 생활 초년 시절 취재차 여성단체를 드나들 때 떠오른 화두인데 지금까지 나를 놓아 주지 않는다. 그때부터 여권(女權) 회복이 아니라 인간성 회복, 여성성(女性性) 회복이 우선되어야 한다고 여겨 왔다. 오래도록 간직해 온 이 화두의 절박감을 무슨 말로 전할까? 많이 고심했다. 길지만 횔덜린이 〈히페리온〉에서 한 말을 빌려 왔다.

"항상 최고의 것을 구하는 그대들이여! 지식의 밑바닥에서, 행동의

소음 속에서, 과거의 밀실에서, 미래의 미궁에서, 묘지나 성지에서 그
것을 찾느라 끊임없는 그대들이여. 그대들은 그 이름을 알고 있는가?
하나로서 모두인 그 이름을. 그 이름은 바로 아름다움이다."

그는 이렇게도 말했다.

"가장 아름다운 것은 또한 가장 성스러운 것이다."

| 차례 |

1. 사랑

기념 프라고나르 1732-1806 프랑스, 1778

그녀의 질투! 사랑의 절규였던가

질투는 일천 개의 눈을 가지고 있다.
—마빈 토케이어

클리티아 프레더릭 레이턴 1830-1896 영국, 1895

불타는 가을 아름다움에 마침표를 찍듯 노란 꽃잎들이 하늘을 우러르고 있다. 문득 오비디우스의 〈변신 이야기〉에 나오는 클리티아(Clytia)의 절규하는 모습이 떠오른다.

페르시아왕 오르카모스의 딸들 이야기다. 태양신 헬리오스가 언니 레우코토에를 사랑하자 동생 클리티아가 질투심을 이기지 못해 언니가 헬리오스에게 순결을 잃었다고 소문을 퍼뜨린다.

소문에 분노한 왕이 딸을 산 채로 땅에 묻어버린다. 언니가 사라졌는데도 헬리오스가 자기를 찾지 않는다. 절망한 클리티아가 식음을 전폐한 채 태양을 향해 절규하다 9일째 되는 날 마른 꽃잎처럼 떨어진다. 그녀가 죽은 자리에 해를 향한 꽃, 해바라기가 피었다는 이야기다.

이야기 하나 질투는 집착이라는 이름의 병이다

언니가 죽기를 기다린 클리티아의 질투! 이 비정한 질투가 신화에나 등장하는 이야기일까? 아니다. 지금 이 순간에도 핏발선 질투가 오뉴월 서리로 내리고 있다. 소설가 마크 트웨인이 말했다.

"연민이 삶이라면 질투는 죽음이다."

심리학에서는 질투를 이렇게 말한다. '자신이 좋아하는 사람이나 친구 또는 사물을 다른 사람이 빼앗으려 한다고 여길 때 느끼는 분노나 증오다.' 셰익스피어도 〈오셀로〉에서 경고했다.

"오, 질투를 조심하세요! 질투는 사람의 마음을 농락하여 먹이로 삼는 푸른 눈의 괴물이니까요."

확인에 대한 확인 필립 칼데론 1833-1896 영국, 1873

〈오셀로〉 줄거리다. 베니스 원로원 딸 데스데모나가 아버지 반대를 무릅쓰고 무어인 출신 흑인 장군 오셀로와 결혼한다. 부관으로 발탁 되지 못한 것에 앙심을 품은 부하 이아고가 흑인 오셀로의 자격지심에 질투심을 불어넣는다.

질투로 아내를 죽인 오셀로가 뒤늦게 이아고의 거짓말에 속은 것을 알고 죄책감을 이기지 못해 자결하며 비극의 막이 내린다.

이 사건에서 유래한 심리학 용어가 오셀로증후군이다. 우리말로 의부 증 의처증이다. 모 가댓이 〈행복을 풀다〉에서 조언한다.

"당신을 불행하게 만드는 것은 생각이지, 사건 자체가 아니다."

질투로 한 가정의 행복을 산산조각 낸 여인이 있다. 시집 조카 결혼식에서 남편이 젊은 여성의 손을 잡고 반가워한다.

'나한테는 저런 모습으로 대한 적이 없었잖아.'

그녀의 망상이 깊어지자 주말 등산까지 중단한 남편이 견디다 못해 중동 근무지로 떠나버렸다.

집요한 의심은 고문이다. 집착하면 할수록 사랑을 잃는 시기가 앞당겨진다. 집착은 상대를 자기 곁에 묶어 두려는 병적 행위다. 쇼펜하우어가 〈인생론〉에서 한 말이다.

"사랑을 강요하는 행위는 증오를 야기한다."

이야기 둘 복수가 달콤하다고?

복수의 화신으로 알려진 메데이아(Medeia) 이야기다. 콜키스 왕 아이에테스의 딸 메데이아가 황금양털을 찾아 아르고호를 이끌고 온 이아손을 본 순간 첫눈에 반한다. 아버지 몰래 자신의 마법을 동원해 이아손을 도운 메데이아가 보장된 공주의 행복을 뒤로하고 흔들리는 이아손의 배에 오른다.

그녀의 무소불위(無所不爲) 마력으로도 이아손의 명예욕을 꺾을 수는 없었다. 왕위 계승을 노린 이아손이 코린토스 왕 크레온의 딸 글라우케와 결혼하려 메데이아를 버린 것이다. 분노한 메데이아가 죄 없는 크레온 부녀를 독살한다. 이 정도로 분이 풀릴 메데이아가 아니다. 드디어 복수의 일격으로 두 아들을 죽이기로 한다.

자기 손으로 죽인 두 아들의 피가 뚝뚝 떨어지는 칼끝을 바라보며 그녀는 만족했을까? 에우리피데스가 〈메데이아〉에서 한 말이다.

메데이아 코라도 지아퀸토 1703–1766 이탈리아, 1752

"인간들에게 격정은 가장 큰 재앙의 원인이다."

이 충고를 기억하고 있어도 막상 배신당하면 치밀어 오르는 분노를 가라앉히기는 쉽지 않다. 여기 분노를 다스리고 새 삶을 찾은 여인이 있다. 여고 졸업 후 취업했지만 진학의 꿈을 포기 못한 그녀가 독학으로 공무원시험을 준비 중인 동료를 만났던 것. 그들은 쉽게 가까워졌다. 그때부터 그녀는 자기 꿈을 접고 그의 뒷바라지에 전념했다. 결혼 후 내조에 힘입어 행정고시에 합격까지 했으니 성공 인생이었다.

하지만 그녀 행복은 여기까지였다. 기대했던 진급에서 누락되자 충격에 빠진 남편이 술을 마시기 시작했다. 그러기를 얼마 후 술집 마담과 사랑에 빠졌다는 소문이 들려왔다. 남편은 돌아오지 못할 강을 건넜지만 그래도 기다렸다. 기다린 세월이 후회스러워 분노가 끓어올랐다. 그때 기적처럼 〈제인 에어〉 작가 샬롯 브론테의 말이 떠올랐다.

"억울한 일을 당했다 하여 미운 마음을 품거나 속상해하며 세월을 보내기에는 우리 인생이 너무 짧다."

원망의 마음을 버리니 끓어오르던 분노도 가라앉았다. 아픈 세월을 이겨 내고 지금은 꽃집을 운영하며 향기롭게 살고 있다.

이야기 마무리 사랑에게도 자유가 필요하다

그날도 늦가을 비가 추적추적 내리고 있었다. 어둑어둑 퇴근길인데 뒷골목 가게에서 문주란의 데뷔곡 〈동숙의 노래〉가 구성지게 흘러나오고 있었다. 배신한 남자 등에 칼을 꽂아 살인미수로 구속된 여학생의 실화라며 노랫말의 사연을 들려주던 선배가 혼잣말하듯 했다.

"난 그 여학생 심정 충분히 이해할 수 있어."

나는 당돌하게도 선배 말에 반대하는 이유를 조목조목 늘어놓았다. 나중에 선배의 이별 사연을 듣고는 미안했지만 지금도 그때 생각에는 변함이 없다.

세상에 변하지 않는 것이 있던가? 파릇파릇 연두색이 농염한 진녹색으로 변하듯, 희망의 진녹색이 불타는 낙엽 되어 작별의 손을 흔들 듯 사랑도 세월 따라 변한다.

그는 나를 사랑하지만 내게 그는 사랑이 아니다 마테오 코르코스 1859-1933 이탈리아

산을 사랑하던 사람이 뱃사람이 되겠노라 등산장비를 불태워도 우리는 그를 '배신자'라 하지 않는다. 화가의 길을 걷던 사람이 시인이 되겠노라 물감을 버려도 우리는 그를 '변절자'라 하지 않는다. 그런데 왜 사랑이 떠나고 싶다는데 분노하는가? 이 물음에 대한 답이라며 오스트리아 예술가 앙드레 헬러가 쪽지를 내민다.

"우리는 서로에게 지나친 기대를 가지고 있는 것이 문제다. 그러지 않으려면 자신을 사랑해야 한다."

지나친 기대! 그가 떠나면 '텅 빈 인생'이 되어 주저앉는 그런 사랑은 하지 말라는 뜻이다. 자기 사랑! 자존감을 잃으면 자신의 존재 의미를 포기하는 것과 다름없으니 그런 어리석은 사랑은 하지 말라는 뜻이다.

사랑에게 의무를 강요하는 바보짓은 하지 말라는 뜻이기도 하다. 소크라테스도 말했다.

"질투는 영혼의 종기다."

질투에 가위눌려 영혼이 질식하기를 원치 않는다면 기억해야 한다.

사랑은
꽃구름으로 피어오르다
흔적 없이 사라지는
한 조각 구름의 자유인 것을.

사랑이 그대를 두고 떠났는가

사랑은 끝이 아니라 시작에 있다.
—크리슈나무르티

삼월의 바람 필립 리차드 모리스 1833–1902 영국

바람은 저항할수록 강해진다. 바람은 왜 불어오는가. 발길을 멈추고
주위를 살피라는 경고다. 그런 줄도 모르고 사람들은 바람에게 화를
낸다. 나도 그랬다.

"또 왜 왔어?"

그러자 바람이 적반하장도 유분수(有分數)라는 듯 볼멘소리로 말했다.

"넌 지금 엉뚱한 길로 가고 있어. 이 말을 전하러 온 거잖아."

우리는 바람의 말귀를 알아듣는 일에 서툰가 보다. 2003년부터 2017년 사이 경제협력개발기구(OECD) 회원국 중에서 자살률 1위다. 10대에서 30대 사이의 사망원인 1위도 자살이다.

넘어져도 일어나 뚜벅뚜벅 걸어야 하는 것이 인생이라면 바람이 하는 말을 알아듣는 능력을 키우는 일 또한 우리 몫이다. 열심히 달려왔는데 절벽이 앞을 가로막고 있다. 그때 방향을 바꾸지 않고 가던 길을 고집하는 것은 용기가 아니라 미련일 수도 있다.

이야기 하나 실어증 아들을 치유하기까지

바람이 불 때 남자와 여자 중 누가 더 신속하게 대처할 수 있을까? 〈아미엘의 일기〉를 읽다 눈길이 멎었던 문장이다.

> "남자는 정의의 완성을 이상으로 삼고 여자는 사랑의 완성을 이상으로 삼는다."

바람이 불어 가지가 부러졌을 때 상처를 치유하여 새잎을 돋게 하는 일은 여자의 모성애만이 해낼 수 있다는 뜻이다.

아미엘의 말을 행동으로 보여 준 여인이 있다. 유학 3년차 아들이 전화를 받지 않는다. 불길한 생각에 서둘러 비행기에 올랐다. 예상한 대로 커튼이 드리워진 방에 탈진상태로 누워 있다. 그녀는 청춘을 휩쓸고 지나간 바람이 얼마나 드센 강풍이었던가를 한눈에 알아차렸다. 짐을 꾸려 함께 돌아온 아들 모습에 충격을 받아 남편이 쓰러졌다.

"늦둥이로 얻은 아들이라 아버지 사랑이 대단했어요. 사업체를 물려 줄 생각으로 경영공부에 전념하라며 유학을 보냈던 거죠. 희망이던 아들이 그런 모습으로 돌아왔으니 충격이 오죽했겠어요. 그때 저를 덮친 바람은 질풍노도였어요."

병원을 찾았더니 대뇌 손상에 의한 실어증이 아니라 충격에 의한 '선택적 함구증'이니 환경을 바꿔보라 한다. 그때 어디에선가 읽었던 구절이 떠올랐다.

"자연은 인생의 부적격자들이 피할 수 있는 영원한 피난처다."

"과수원이 딸린 집을 구해 내려왔어요. 서울을 고집했다면 아들 인생은 실어증 환자로 끝났을 거예요."

어느 날 아들이 입을 열었다. 자연의 아름다움에 감동했으리라. 그녀는 그 순간을 기적으로 기억한다. 그녀가 우울증이나 자폐증 자녀로 가슴을 앓고 있는 어머니들에게 전하고 싶어 한다.

"자녀를 치유하고 싶다면 자연에서 답을 찾아야 해요. 어머니가 먼저 향긋한 바람이 되고, 비개인 하늘의 무지개가 되지 않고는 자녀에게 자연을 선물하는 일은 불가능해요."

이야기 둘 예술의 신 아폴론이 질투한 것일까?

어떤 책은 그 내용이 너무 강렬해 읽기를 끝낸 독자를 놓아 주지 않는다. 영화 〈까미유 끌로델〉이 그랬다. 브뤼노 뒤몽이 감독한 이 영화는 1차 세계대전이 일어난 1914년, 프랑스 남부 몽드베르그 정신병원에 감금당한 조각가 까미유 이야기다.

사람들은 그녀를 로댕의 연인이었던 비운의 여류조각가라 부른다. 열여덟 그녀가 로댕의 제자로 발탁되었을 때 로댕의 나이는 마흔둘. 두 사람 사이가 깊어 갔지만 로댕은 20여 년 연인으로 지내온 로즈 뵈레와의 관계를 청산하지 못한다.

로댕과 헤어진 후 작품에 몰두하지만 제작 환경은 열악했고 경제적으로도 힘들었다. 유일한 후원자였던 아버지가 사망하자 정신분열증세를 보인다. 그때가 1913년. 다음 해 가족의 결정으로 정신병원에 유폐(幽閉)된 것이다.

포기 카미유 끌로델 1864-1943 프랑스, 1905

정신병원에서 일흔아홉 생을 마감한 까미유는 무연고자로 처리되어 무덤조차 없다. 30년 동안 그녀를 정신병원에 방치하다니! 예술의 신 아폴론이 그녀 재능을 질투했던가? 〈실낙원〉의 저자 존 밀턴의 말이다.

"위대한 예술품을 만들려는 이는 먼저 자신의 생활을 예술작품이 되게 해야 한다."

그녀의 예술혼에 족쇄를 채워 정신병원에 유폐시킨 이는 누구였나? 밀턴에 따르면 까미유 자신이었다. 로댕이라는 바람이 휩쓸고 간 자리가 아무리 황량했어도 자기 운명에 대한 책임은 자기에게 있기 때문이다.

까미유 이야기를 끝내려는데 오스트리아 화가 리하르트 게르스틀 모습이 떠오른다. 게르스틀은 12음기법 창시자 아놀트 쇤베르크 가족과 가까이 지내는 사이 두 딸의 어머니인 마틸데와 사랑에 빠진다.

그녀가 게르스틀을 따라 떠났을 때, 쇤베르크의 삶은 얼마나 참담했으랴. 그럼에도 쇤베르크는 그녀가 떠난 후 독일 시인 슈테판 게오르게의 시로 열세 편의 노래를 작곡한다. 마지막 곡인 〈은빛 버드나무에 기댄 그대〉는 그녀를 생각하며 작곡한 것으로 알려져 있다.

영원히 타오르리라 믿었던 게르스틀의 사랑은 두 달로 막을 내린다. 마틸데가 가족에게로 돌아가기를 원했던 것. 그녀가 떠나자 게르스틀은 작품 대부분을 불태우고 삶을 마감한다.

인생을 강타한 돌풍을 창작으로 이겨 낸 쇤베르크와 지나갈 한바탕 바람에 스물다섯 청춘을 던진 게르스틀. 한 사건 속 두 예술가의 대조적인 삶이 많은 것을 생각하게 한다.

한 사람은 고통의 강을 예술의 힘으로 건넌다. 다른 한 사람은 절망

쇤베르크 가족 리하르트 게르스틀 1883-1908 오스트리아, 1908

의 불길 속에 예술을 던진다. 왜 이런 일이 일어나는가? 성 어거스틴이
〈하느님의 도성〉에서 전하는 답이다.

"고통은 동일하나 고통을 당하는 사람은 동일하지 않다."

이야기 마무리 사랑은 한번으로 끝이 아니다

성 어거스틴의 말처럼 어떤 이는 태풍이 지나가기를 기다렸다 다시 항
해를 시작한다. 어떤 이는 노 젓기를 고집하다 배가 뒤집힌다.

'절망의 다리'로 불리는 마포대교를 찾은 자살시도자 140명에 대한
분석 결과다. 10대에서 30대 사이가 104명, 74.2%다. 특히 결혼 직전에
헤어진 남녀가 많았다.

사랑의 선물 조지 쉬리단 놀스 1863-1931 영국, 1907

　인생에서 사랑은 한번으로 끝인가? 그렇지 않다. 사랑은 오색무지
개다. 초록 주황 보라 등 더 황홀한 색깔의 사랑이 삶의 굽이마다 기
다리고 있다. 이성 간 사랑인 에로스를 넘어서면 고결한 사랑 필리아
와 아가페가 기다리고 있다.

　오늘도 절망의 다리로 불리는 마포대교를 찾는 청춘이 있으리라. 그
대 가슴을 뜨겁게 했던 사랑이 떠났는가? 그래도 괜찮다. 사랑보다 고
귀한 것이 생명이며, 고통은 생명의 성장을 위한 담금질에 속한다. 여기
아라비아 격언이 있다.

　　"그대를 지치게 하는 것은 앞으로 가야 할 길이 아니라 그대 신발에
　　든 모래알갱이다."

　인생이 한 편의 장편소설이라면 남녀의 사랑은 장편 속 한 장의 삽화

에 해당한다. 신발 안 모래알갱이를 털어 내고 길을 나서면 알게 되리라. 수만 가지 꽃들이 자기 색깔로 아름답듯 그대 또한 그대만의 빛으로 반짝여야 할 푸른 별인 것을.

삶이 팍팍한가?
그래도 괜찮다
빈 가지 말없이 봄물 길어 올려
새날을 준비하고 있느니

하늘이 캄캄한가?
그래도 괜찮다
바람이 구름을 비질하면
중천에 보름달이 떠오르리니

사랑이 떠났는가?
그래도 괜찮다
내일에게는 내일의 태양이 있어
바다는 다시
찬란한 금빛으로 출렁이리니.

가난과 사랑, 어느 쪽이 더 무거울까

사랑이란 하나의 우주적인 작용이다.
—마르틴 부버

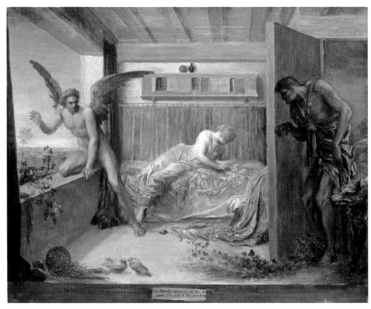

가난이 들어오면 사랑이 창문으로 달아난다 프레더릭 와츠 1817-1904 영국

욕망에게 문을 열어 주면 불행이라는 이름이 쳐들어와 주인 노릇을
한다. 가난해도 행복한 사람이 있는가 하면 부자이면서도 불행한 사람
이 있다. 노자가 〈도덕경〉에서 한 말이다.

"만족할 줄 모르는 것보다 더 큰 불행이 없고 남의 것을 탐하는 것보다 더 큰 허물은 없다."

이야기 하나 노년의 행복, 외딸이 전당포에 저당잡히다

그녀가 딸의 등을 떠밀어 유학을 보냈다. 딸은 뉴욕에서 텍사스로, 텍사스에서 LA로 옮겨 다녔다. 그때마다 전공을 바꿔서, 한 과목 이수가 남아서, 졸업논문 준비 중이라는 등 핑계가 장황했고 청구액이 늘어 갔다. 귀국을 미뤄 오던 딸이 아버지 정년 소식을 듣고서야 마지못해 돌아왔다.

딸에게 아낌없이 쏟아붓고 남은 것은 달랑 집 한 채다. 끈끈했던 부부 사이가 금간 항아리처럼 불안하다. 이보다 더 힘든 것은 딸의 앞날을 생각할 때의 절망감이다.

"우리 살림에 유학 뒷바라지는 무리라며 남편이 반대할 때 제가 고집을 부렸는데 허영이었나 봐요."

삶은 바다를 항해하는 것에 비유할 수 있다. 부모 인생이 바다 가운데 떠 있다면, 자녀 인생은 항구에서 막 돛을 펼치려는 순간에 해당한다. 이를 무시하고 부모 욕심으로 자녀의 돛단배를 부모 배에 비끄러매면 작은 풍랑에도 함께 가라앉는 일은 언제든 일어날 수 있다.

이야기 둘 맨발로 자갈길을 완주하다

청춘의 궁핍은 도전의 촉매제가 되지만 노년의 궁핍은 비참일 뿐이다. 이 말은 빈 수레로 출발하여 만차(滿車)로 노년의 집에 도착하라는 충고다. 빈 수레로 출발해 가을걷이를 가득 싣고 도착한 여인의 회상이다.

"소녀 시절의 꿈을 되찾기까지 제 청춘은 늘 창백했어요. 산 넘고 물

건너지 않는 인생이 어디 있겠어요. 하지만 어린 나이로 감당하기에는 너무나 가혹했어요. 그 세월을 어떻게 지나왔는지 아득하게 느껴지네요."

엄마가 종적을 감추자 빚잔치를 한 아버지가 돈 벌어 온다며 그녀는 이모네에 동생은 삼촌네에 맡기고 떠났다. 그때 일을 그녀는 엄마가 문을 활짝 열고 가난을 불러들인 것이라 한다.

"엄마는 처음부터 그러지 않았어요. 부잣집 며느리가 된 고향 친구가 쇼핑을 갈 때마다 엄마를 불러냈어요. 어울리다 그렇게 되었죠."

우정은 인생의 보석이지만 모든 우정이 보석일 수는 없다. 자족적인 인생을 살지 못하면 그녀 엄마처럼 친구의 들러리 인생을 살다 진흙탕에 넘어지는 일은 언제라도 일어날 수 있다.

장맛비 내리는 날이면 그녀는 진종일 거리를 헤맨다. 엄마가 떠나던 날 그렇게 비가 추적추적 내렸다며 눈시울이 젖는다. 어린 나이로 그토록 지난한 삶을 버틸 수 있었던 것은 엄마에 대한 그리움을 가슴에 품고 있었기에 가능했는지도 모른다.

그녀는 비판철학의 창시자 칸트의 말을 좌우명으로 삼아 왔다며 엄마가 어디에선가 이 말에 귀를 기울여 주기를 바란다.

"행복을 추구하는 것도 중요하지만 행복을 누릴 자격이 있는 사람이 되는 것이 더 중요하다."

이야기 마무리 집안에 가난을 불러들이지 않으려면
정치인들의 복지정책에 중독되어 과거의 영광에서 멀어진 그리스 소식을 들을 때마다 아테네 정치인 페리클레스 말이 떠오른다. 정치인들의 복지정책 남발과 연금법 개정을 둘러싼 몸싸움을 보고 있는 우리이기

에 명심해야 할 말이다.

"가난의 굴욕은 가난을 인정하는 데서 오는 것이 아니라, 실제로는
가난을 벗어나지 못하는 태만함에서 온다."

나비와 사랑의 신 에로스의 무게를 달다 앙리 피쿠 1824-1895 프랑스

프랑스 화가 앙리 피코의 작품에 나비와 사랑의 신 에로스를 저울에 올려놓고 무게를 다는 그림이 있다. 포동포동 살찐 에로스가 바람에 날아갈 것 같은 한 마리 나비보다 훨씬 가볍다.

나비 자리에 가난을 올리면? 아마도 비쩍 말라 한 줌도 안 되는 가난이 우리를 올려다보며 야릇한 웃음을 지을 것이다.

이 그림이 말한다. 행복을 좌우하는 것은 사랑이 아니라 가난이라고. 가난이 무서운 힘으로 삶을 짓누르면 사랑이 도망친다는 사실은 우리를 슬프게 한다. 우리는 슬퍼할 뿐 가난에 패배당해 창문으로 달아나는 사랑을 속절없이 바라볼 수밖에 없다. 이 현실이 우리를 더욱 절망케 한다.

그래도 우리는 사랑의 감정을 소중하게 간직해야 한다. 사랑을 만나기 위해 강을 건너고 산을 넘어야 한다.

"사람을 사랑할 것인가, 돈을 사랑할 것인가?"

누가 이렇게 묻는다면 우리는 당연히 사람을 사랑해야 한다고 말해야 한다. 프랑스 작가 몰리에르가 말했다.

"사랑 없이 사는 것은 정말로 사는 것이 아니다."

가장 가련한 여인은 누구인가

만족할 줄 아는 것도 능력이다.
—제임스 앨런

춤을 위한 준비 아우구스투스 보우비어 1827-1881 영국

〈제일 가엾은 여자는 누구인가〉라는 풍자시가 여자들 입방아에 오르내린 적이 있었다.

병든 여자보다 더 가련한 여자는 버림받은 여자

버림받은 여자보다 더 가련한 여자는 의지할 곳 없는 여자
의지할 곳 없는 여자보다 더 가련한 여자는 쫓겨난 여자
쫓겨난 여자보다 더 가련한 여자는 죽은 여자
죽은 여자보다 더 가련한 여자는 잊힌 여자

감성이 여리던 소녀 시절, 마지막 구절은 충격이었다. 알 수 없는 슬픔이 밀려왔다.

이 풍자시는 〈미라보 다리〉의 시인 아폴리네르의 연인이었던 화가 마리 로랑생의 시 〈잊힌 여자〉를 패러디한 것이었다.

이야기 하나 잘못된 기억으로 가련한 여자가 되다

친구가 여동생 이야기를 들고 왔다. 동생은 대학 졸업 후 청춘이 저물 때까지 보라색 너울을 휘감고 칩거 중이다. 말 못할 사연이 있는 것은 아닐까? 이유를 알아내려고 둘만의 여행길에 올랐다. 달래고 호소해도 꿈쩍 않더니 마지막 밤에 어렵사리 털어놓은 이야기다.

"대학 시절 만난 그 사람, 내게는 첫사랑이었던 그를 한번 만나고 싶어. 그의 기억 속 나는 누구인가? 직접 그에게서 들어보고 싶어."

작별의 말도 없이 유학을 떠난 남자. 그런데도 동생은 남자의 일거수일투족을 꿰고 있다. 동생의 충격을 줄일 생각으로 언니가 먼저 남자를 만나 보았다.

"글쎄요. 혹시 단체 미팅에서 만난 적이 있었는지?"

동생 이름도 기억 못하는 남자. 난감해하는 표정을 견딜 수 없어 도망치듯 돌아왔다.

영혼의 감옥 에벌린 모건 1850–1919 영국, 1888

첫사랑에 대한 추억은 지워지지 않는 화상(火傷) 같은 것이라지만 이 경우는 상사병이다. 어느 심리학자가 말했다.

"기억이란 선택적이고 주관적이다."

동생은 주관적으로 선택한 기억의 방에 갇혀, 죽은 여자보다 더 가련한 여자가 된 것이다. 기억에 대해 프루스트가 〈잃어버린 시간을 찾아서〉에서 한 말이다.

> "기억은 일종의 약국이나 실험실과 유사하다. 아무렇게나 내민 손에 어떤 때는 진정제가, 또 어떤 때는 독약이 잡히기도 한다."

자존감은 자기를 사랑하는 일이다. 동생의 자존감을 살려 내려 그녀가 동생에게 띄우려던 편지의 마지막 문장이 눈길을 끈다.

'완벽한 사람은 없어. 우린 신이 아니니까. 이름 없는 풀꽃도 아름답잖아. 우리는 자기 인생을 한 송이 꽃으로 피워야 해. 그러기 위해서는 앞만 보고 달려도 힘든데 과거에 파묻혀 살고 있다면 너무 무책임한 것 아니겠어.'

이야기 둘 상상의 덫에 걸려 광대 춤을 추다

남자가 현실을 중시할 때, 여자는 환상에 몰두한다. 그래서 여자의 행복은 '느낌'에 좌우된다. 느낌은 삶을 풍요롭게 한다. 기쁘다, 슬프다 등의 느낌이 없는 인생은 얼마나 삭막하겠는가. 하지만 느낌을 과다 복용하면 피해망상증에 시달리게 된다.

느낌 과다 복용으로 죽은 여자보다 더 가련해진 여인이 있다. 그녀가 통증을 호소하면 속수무책이다. 곧 숨이 넘어갈 것 같다는 연락이 오면 일손을 놓고 남편이 달려가야 진정된다. 처가 동네로 이사 후 안정감을 찾기를 바랐는데 그녀 병은 깊어만 갔다.

탄식은 이제 그만! 아서 휴즈 1832–1915 영국, 1872

    친구가 남편에게 브라이언 딜런의 〈상상병 환자들〉을 읽어보라고 조언했다. 조언에 따라 딜런을 만나보았다.

    "환자가 거의 움직이지 않고 지속적으로 관심을 받게 되면 '병적인 기쁨'을 느낄 수 있다."

    충격이었다. 친구의 말처럼 자기가 아내의 병을 키워 온 것인지도 모른다는 생각이 들었다. 집과 통장을 아내 이름으로 돌린 후 서명한 이혼 서류를 부치고 남편이 사라졌다.

그녀의 강박증은 소녀 시절 시작된 것이었다. 가족 몰래 딴살림을 차렸다가 발각된 아버지를 그녀는 지금까지도 용서하지 못한다. 거기다 결혼 7년차인데 아기가 없자 버림받을지도 모른다는 불안감이 엎친데 덮쳐 그녀를 괴롭혔다.

의심증은 집요하다. 허약한 여자의 영혼에 숨어들어 주인 행세를 한다. 그녀를 보고 있노라면 왜 잊힌 여자가 죽은 여자보다 더 가련한지를 알 것 같다.

이야기 마무리 의심에서 탈출하지 않으면 삶은 없다

영국 국가통계청(ONS)이 조사한 내용이다. 행복감과 불안감에 대한 반응에서 남성보다 여성이 두 배나 높다. 이는 호르몬과 뇌 구조 차이에서 여성이 환경에 더 민감하게 반응하기 때문이다. 그래서인가? 여성의 직감이 남성보다 예리한 것은.

불길한 예감을 떨칠 수 없자, 자신의 직감을 확인하려 남편 직장에 근무 중인 후배를 찾아간 여인이 있었다. 남편 인격을 믿으라며 후배가 조언했다.

"이혼할 거 아니면 여기저기 확인하러 다니지 마세요."

그때 후배가 누치오 오르디네가 〈쓸모없는 것들의 쓸모 있음〉에서 한 말을 들려주었다.

"사랑을 잡기 위해 손에 깍지를 끼면 그 손은 관으로 변한다. 왜냐하면 소유는 살인을 의미하기 때문이다."

창문에서 뛰어내리다 페르시 타란트 1855-1934 영국

　그로부터 여러 해가 지난 어느 날, 그녀가 고맙다는 말을 전하러 후배를 찾아왔다. 후배의 조언에 정신을 차리고 자신을 돌아보니 남편만 있고 자기는 없었다.

　'내가 없는 남편이 무슨 소용인가?'

자존감을 회복하려 두리번거리는데 밀쳐 둔 물감이 눈에 들어왔다. 물감을 들고 의심의 골방에서 탈출했다.

그림 세계의 삼매에 빠지자 세상이 아름답게 보였다. 그녀가 평온을 되찾자 그때야 남편이 고백했다. 사실은 이혼녀 동창을 위로한다는 핑계로 데이트 중이었는데 기쁨이 충만한 아내 모습에 자책감을 느껴 돌아온 것이었다.

"그때 제가 의구심에서 탈출하지 않았다면 어떻게 됐을까요? 남편으로부터 잊힌 여자가 되었겠지요."

자기처럼 직감을 들고 오는 여인이 있으면 도와주라며 누치오 오르디네의 문장이 적힌 쪽지를 내민다. 아마도 그때 달려가 오르디네의 책을 구해 읽고 가슴에 새긴 문장이었으리라.

"사랑의 진실을 파헤치려는 순간 파괴적인 의심과 치명적인 망상에 시달리게 된다."

얼마나 많은 여자들이
사랑에 집착하다 병들었을까?

얼마나 많은 여자들이
소유욕을 사랑으로 착각하여
죽은 여자보다 더 가련한 여자가 되었을까?

비밀을 간직하지 못하면 개봉된 편지가 된다

비밀은 듣지도 말고 말하지도 말라.
― 그라시안

청색 베일 에드먼드 타벨 1862-1938 미국, 1899

서울가톨릭대 김대진 교수팀이 전국 성인남녀 4,854명을 대상으로 한 설문조사 내용이다. 학력과 상관없이 여성 17.9%, 남성 9.4%가 스마트폰중독이다. 여성이 남성의 두 배인 것은 또래와의 관계를 가지려는 성향 때문이라고 한다. 연구팀의 경고다.

"불안하거나 우울한 사람일수록 중독에 빠지기 쉽다. 스마트폰 세계는 가상세계라 현실세계와의 거리가 멀어질 수밖에 없다. 이 때문에 우울감이 더 악화될 수 있다."

움직이는 컴퓨터로 불리는 스마트폰 세계가 무서운 것은 비밀을 허용하지 않는 데 있다. 인디언의 격언이다.

"마음의 세계란 비밀로 간직할 때 더욱 아름답게 반짝이고 더욱 깊고 푸른 강이 된다."

이야기 하나 미완성 그림과 원고는 공개하지 말아야 한다

마음의 세계를 비밀로 간직하기 어려운 것은 감정을 억제하기 어려워서다. 감정은 생명의 원동력이라 세상을 향해 소리치고 싶다. 때문에 감정을 억제하려면 자제력이 필요하다.

외아들을 둔 그녀는 아들이 후배 딸과 사귀고 있어 흐뭇했다. 그랬는데 어느 날 집으로 낯선 여자를 데리고 왔다. 그녀의 표정엔 아랑곳없이 자기 존재를 과시했다. 사연을 알고 싶어 후배 딸을 만났다.

"어떤 남자인지 보고 싶다며 막무가내로 따라와 데이트를 휘저었어요. 그런 식으로 두 번 따라나서더니 급기야 선언했어요. '넌 별로인 모양이니 그 남자 내가 가져도 되지?' 말문이 막혀 멀거니 쳐다보고 있었더니 그걸 승낙으로 여겼던가 봐요."

멀거니 쳐다보기만 했다고? 순발력이라고는 찾아볼 수가 없다. 이랬으니 아들이 매력을 잃었다 해도 할 말이 없다. 이탈리아 철학자 죠르다노 브루노의 말을 되새기게 된다.

친구의 슬픔 옆에서 미소를 참는 모습 존 스탠호프 1829-1908 영국

"친구의 눈초리는 특유한 전율을 불러일으킬 수 있다. 왜냐하면 어떠한 적도 친구가 할 수 있는 것과 같은 무서운 생각을 마음속에 품을 수는 없기 때문이다."

이야기 둘 '다모클레스의 칼' 아래서 춤추는 사람들
해킹당한 불륜사이트 '애슐리 매디슨'의 회원 명단이 공개되어 세계가

술렁일 때 〈다모클레스의 칼〉 이야기가 떠올랐다.

자신의 삶을 부러워하는 신하 다모클레스의 심중을 읽은 디오니시우스 왕이 "내 자리에 한번 앉아 보겠느냐"고 묻자 냉큼 올라 행복해한 다모클레스. 이때 왕이 말했다.

"네 머리 위를 보라."

다모클레스의 칼 리처드 웨스탈 1765~1836 영국, 1812

한 올의 말총에 매달린 장군용 큰 칼이 그의 머리를 겨누고 있다. 이를 본 다모클레스가 놀라 도망쳤다.

페이스북으로 대표되는 SNS 세계에서 즐거워하고 있는 사람들 역시 다모클레스의 칼 아래서 즐거워하고 있는 것과 같다.

자신을 알리고 싶어 몸살인 사람들에게 SNS 세계는 환상적인 놀이터다. 하지만 놀이중독에 빠지면 '잊히지 않을 각오'를 해야 한다. "제발 나를 지워 달라." 도처에서 아우성 소리가 들리지만 스스로 지울 방법이 없으니 얼마나 위험한 놀이터인가.

우리는 과학의 혜택을 한껏 누리며 살고 있다. 하지만 아무리 좋은 도구라도 잘 사용하지 않으면 상처를 입게 된다.

인터넷 문을 열면 셀카 덕후들이 올린 영상들로 어지럽다. '덕후'는 한 가지 일에 광적으로 열중하는 사람을 말한다.

맞선 때마다 취미가 무엇이냐 물으면 거리 공원 등에서 찍어 댄 셀카를 자랑한 여성이 있었다. 그녀의 백일몽에 놀라 맞선자리에서 도망쳐 온 청년이 있었다. 그의 이야기를 듣는 순간 존 쿠퍼 포우어스가 〈고독의 철학〉에서 한 말이 떠올랐다.

"과학의 발명 능력에 극도로 탐닉하려는 이 군중의 열광은, 모두 참 자기를 잊어버리려는 어리석은 행동이다."

이야기 마무리 비밀은 영혼의 보석이다

비밀은 판도라의 상자다. 열어 보지 말라니 더욱 열어 보고 싶다. 인간 본능이다. 누군가에게 "이건 비밀이야"라고 말하는 순간 이미 비밀이 아니다. 벌떼의 윙윙거리는 소음이 되어 바람을 타고 날아다닌다. 아라비아 격언이다.

"적에게 알려서 안 될 일은 친구에게도 알리지 말라. 비밀을 지키면
비밀의 주인이 되지만 비밀을 고백하면 비밀의 노예가 된다."

판도라 단테 가브리엘 로제티 1828-1882 영국, 1871

'감정은 영혼의 언어'라는 말이 있다. 감정이 없는 사람은 없다. 하지만 감정이 잠간 외출하는 일은 있는 것 같다. 엄청난 사건을 저지른 후 "내 정신이 아니었어"라고 말하는 경우다. 때문에 감정에게 인생의 열쇠꾸러미를 통째 넘겨서는 안 된다. 열쇠꾸러미를 움켜잡는 순간 어디로 튈지 모르는 것이 감정이다.

비밀은 영혼의 재산이다. 지금 그대에게 한자락 비밀도 없다면 그대 인생은 덜컹거리는 소리를 내며 비포장도로를 달리는 빈 수레와 다를 것이 없다.

떠오르는 아침 해가 아름다운 것은 비밀 때문이다. 지난 밤 어디에서 무엇을 하며 지냈을까? 어떤 모습으로 나타날까? 가슴이 설렌다. 해가 수평선 위로 떠오르면 사람들은 발길을 돌린다. 비밀에 대한 궁금증이 사라졌기 때문이다.

사랑이 비밀이라야 하는 이유를 묻는가?

비밀은
아스라이 내리는 밤안개 너울처럼
잠적의 순간 타오르는 석양의 열정처럼
영혼을 충만케 하는 추억의 설렘인 것을.

인간은 새처럼 두 날개를 가지고 있다.
하나는 과학이요, 다른 하나는 영적인 지혜다.
행복을 위해서는 이 모두가 필요하다.

—비노바 바베

2. 행복

바느질하는 여인 게리 멜처스 1860-1952 미국

아름다움, 여자 행복의 보증수표인가

가장 아름다운 경험은 신비다.

─아인슈타인

삼미신 에두아르 비쑝 1856-1939 프랑스, 1899

'눈물'이 여자의 무기였던 시절이 있었다. 지금은 아름다움이 무기인 시대다. 그래서 묻게 된다. 여자에게 아름다움은 무엇인가? 아름다움은 행복의 꽃일 수도, 불행의 씨앗일 수도 있다며 한 목소리로 외친다.

"양날의 칼!"

이 여인들은 누구인가? 그리스 신화에 나오는 삼미신(三美神), 헤라와 아테나와 아프로디테다. 이들이 '가장 아름다운 자에게'라는 글씨가 새겨진 황금사과를 두고 다툰 적이 있었다.

이 사건을 요약하면 이렇다. 난처해진 제우스가 양치기 파리스에게 심판을 떠넘긴다. 세 여신이 파리스에게 달려가 약속한다. 헤라는 세상을 호령할 권한을, 아테나는 적을 무찌를 용맹을, 아프로디테는 세상 제일의 미녀를 주겠노라고.

아프로디테 손에 황금사과를 넘긴 파리스가 그녀 도움으로 스파르타 왕비 헬레네를 납치해 트로이로 데려온다. 트로이목마로 유명한 트로이전쟁 10년사는, '아름다움' 쟁탈전으로 시작된 것이었다.

양날의 칼 아닌 것이 어디 있으랴. 하지만 최고 선(善)의 상징인 '아름다움'이 전쟁의 불씨였다니!

이야기 하나 색조화장과 사랑에 빠진 그녀, 인생을 혁명하다

그녀는 이목구비가 뚜렷하고 늘씬한 팔등신이다. 그 정도면 민얼굴로도 충분히 매력적인데 분첩 두드리는 일을 멈추지 못한다. 그녀가 핸드백을 열면 동행들이 난처하다. 때와 장소를 가리지 않고 분첩을 꺼내니 주변 보기에 민망해서다. 독일 심리학자 배르벨 바르데츠키가 그녀를 향해 펀치를 날린다.

"영혼이 허기 상태일 때 더 예쁘고 더 날씬해지는 일에 지나치게 집착하게 된다."

영혼의 허기! 이 말에 충격을 받은 그녀가 사표를 던지고 사라졌다.

친구들의 궁금증이 퇴색해 갈 무렵, 세상에 두려울 것 없는 민얼굴로 나타났다. 자유기고가로 변신한 그녀. 배낭 차림의 모습이 어느 때보다 아름다워 친구들이 감탄한다.

거울 프랭크 딕시 1853-1928 영국, 1896

혁명은 조직이나 사회에만 필요한 것이 아니다. 개인의 삶에도 필요하다. 개인 삶의 혁명은 달콤한 유혹을 뿌리치는 것이다. 최신 패션으로도 불행한가? 그럼 작업복으로 갈아입어 보라. 작곡가로 불행한가? 그럼 몽마르트르 언덕의 무명화가를 만나 보라.

넓은 황무지를 꿈의 화원으로 가꾸며 자연을 노래한 자유주의자. 백여 권 그림책을 펴낸 동화작가 타샤 튜더가 말한다.

"시도하지 않으면 가질 수 없다. 불행하면 떠나라."

이야기 둘 세계성형수술국가 1위, 그래서 행복한가?

여름이 물러나야 열매가 익고, 겨울이 떠나야 봄이 오는 것이 세상 이치다. 이 이치를 깨달아 늙음을 받아들일 수는 없을까?

"아름다움이 거리에 넘실대니 좋지 않으세요?"

이런 말로 성형을 예찬하는 여성이 있다. 하지만 프랑스 작가 카트린 팡콜이 말하길 "눈을 보면 그 사람이 슬픈지 행복한지 알 수 있다. 시선에는 화장을 할 수 없다"고 했다. 이탈리아 고등연구국제대학 연구팀도 "보톡스 주사 시술 후 표정 근육이 마비되어 타인의 감정을 읽는 능력이 떨어졌다"는 결과를 발표했다.

타인을 보고도 싫어하는지 좋아하는지를 알 수 없다면 그 아름다움은 벽에 거꾸로 매달린 마른 꽃과 무엇이 다르겠는가. 스스로 '마른 꽃 인생'이 되기를 고집한 여인이 있었다.

그녀는 우아했다. 눈가 주름이래야 연륜의 품격을 더해 주는 정도였다. 그런데도 보톡스 주사를 맞겠노라 고집하자 남편이 말렸지만 무시했다. 그랬던 그녀가 어느 날 울먹이며 실토했다.

"남편에게 여자 친구가 생겼대요."

남편은 시술 후 종이꽃 같은 그녀 모습이 낯설었을 것이다. 제이 그리피스가 〈시계 밖의 시간〉에서 한 말이다.

"나이는 얼굴을 조각하는 것을 허락지 않는데도 의사는 칼로 얼굴을 조각한다. 여기서 얻는 것은 아름다움도 젊음도 아니다. 오직 정형화된 플라스틱의 딱딱함뿐이다."

꽃을 든 여인 앙리 마르탱 1860-1943 프랑스, 1903

이야기 마무리 영혼을 춤추게 하는 것, 그것이 아름다움이다

웰에이징(Well-Aging)이란 말이 있다. 이 말은 사람답게 사는 웰빙(Well-Being)과 사람답게 죽는 웰다잉(Well-Dying)의 중간으로 '사람답게 늙기,

또는 현명하게 나이 먹기'라는 뜻이다.

　이미 웰에이징을 살고 있는 여인이 있다. 가끔 북한강이 내려다보이는 그녀의 농가에서 차를 마실 때면, 그녀가 누리고 있는 웰에이징의 행복에 감염되어 나까지 행복해진다.

　그녀는 안개 자욱하게 피어오르는 봄날 아침이면, 거실 동창에 초승달 떠오르는 가을 저녁이면 기도하는 마음이 된다고 한다. 자연을 찬미하며 자연을 닮은 그녀의 웰에이징을 만날 때마다 〈아름다움에 대한 절대적 욕망〉에서 프랑수아 쳉이 한 말이 떠오른다.

　　　　"참된 아름다움은 만남이 이뤄지는 곳에 모습을 드러낸다."

　인생은 만남이다. 그것이 사람이든 사물이든 만남 없는 인생은 줄거리 없는 소설의 횡설수설이다. 하지만 친구가 꽃을 만나 행복하다 하여 꽃가위부터 사지는 말아야 한다. 친구가 노래를 만나 행복하다 하여 악기부터 사지는 말아야 한다.

　세상에는 행복의 소재가 지천이지만 내 영혼을 춤추게 할 아름다운 곡조는 그 지천 가운데 한둘에 불과해서다.

　인생의 소명은 남의 춤을 기웃거리지 않고 자기 춤을 추는 것에 있다. 자기다운 춤을 출 때 독일 시인 니체의 말이 빛을 발하게 된다.

　　　　"인간은 누구나 아름답다."

행복은 자신을 아는 일에 달렸다

행복은 매 순간 선택하는 것이다.
―페테르 에르베

기쁨과 슬픔의 새 빅토르 바스네초프 1848–1926 러시아, 1896

유엔이 지정한 세계 행복의 날을 맞아 미국 여론조사기관 갤럽이
2015년 3월 각국의 행복 순위를 조사했다. 그때의 질문 항목이다.

자주 웃었는지?
삶이 재미있었는지?

즐거운 배움이 있었는지?

존중받았는지?

어제 잘 쉬었는지?

이 다섯 항목이 행복의 충분조건일 수는 없다. 어쨌거나 1위 파라과이, 공동2위 콜롬비아 에콰도르 과테말라, 5위 베네수엘라, 미국 13위, 프랑스 34위다. IMF 기준으로 1인당 국민총생산 세계 29위인 우리가 143개국 중 118위다.

충격이다. 일곱을 가지고 불행한 우리, 하나를 가지고 행복한 파라과이. 지금 우리의 행복은 어디에서 숨바꼭질 중일까?

이야기 하나 포기와 집착이 갈라놓은 행복의 현주소

자기 달란트를 알고 망설임 없이 포기한 언니와 포기하지 않은 동생의 엇갈린 인생 이야기다. 자매는 유치원 시절 성악에 자질을 보였다. 사업가 아버지는 딸들을 위해 아낌없이 지원했다. 고등학교에 진학한 큰딸이 성량과 음감에 한계를 느껴 갈등하자 아버지가 음대 교수를 초빙해 조언을 구했다. 그 일이 그녀 인생을 바꿔 놓았다.

"그분은 주저하지 않고 말했어요. 성악가로 성공하기는 어렵다고요."

그때 동생은 반발했다. 어린 나이라 그럴 수도 있었다. 의기양양하여 덤볐지만 인생이 객기를 부린다고 되는 것이던가. 재수 끝에 지방 음대에 들어간 동생이 자신의 재능을 평가받고 싶다며 유학을 고집했다. 이탈리아에서 성악가의 길을 접은 동생이 열애에 빠져 결혼하더니 이혼녀가 되었다.

언니는 원하던 대학 독문과를 나와 교수가 되었다. 자존심 때문에 귀국을 망설이다 주저앉은 동생은 그곳서 어렵게 버티고 있다. 언니는 동생을 생각할 때면 가슴이 아프다.

세 양식의 우화 빌헬름 폰 카울바흐 1804-1874 독일

"저는 학생들에게 강조해요. 인생에서든 예술의 길에서든 능력을 넘어서는 꿈일 때는 빨리 포기하라고 해요."

아모르 파티(Amor Fati). 그녀는 학생들에게 '자신의 운명을 사랑하라'는 이 말을 강조한다. 독일 시인 니체의 운명관이 함축된 말이다. 그녀는 잊지 않고 니체의 다음 말도 전한다.

"자기 운명을 사랑하는 자가 춤을 춘다."

이야기 둘 친구 따라 강남 갔다 길 잃은 여자

자기 달란트의 길에서 벗어난 여인 이야기다. 전문직 여성이었던 그녀의 꿈은 유리천장을 뚫고 최고 관료가 되는 것이었다. 그녀의 지식과 열정이면 가능한 일이었다. 세상이 그녀를 가만두지 않았다. 정계에 입문한 선배가 찾아왔다.

"중앙당 부녀국장 자리를 들고 왔어요. 보건행정 개혁에서 뜻을 펼치려면 정계에 투신하는 것이 빠른 길이라는 말도 그럴듯했어요. 쉽게 발을 들여놓았던 것이 실수였지요."

정치판의 파벌 싸움에 휘말려 선배가 무너지자 그녀도 함께 무너졌다. 그때 달무리처럼 둘러싸고 있던 사람들이 모두 떠났다. 그녀가 세상을 불신하게 된 시작이었다.

권력의 세계는 비정하다. 그녀는 지금 허허롭다. 추억은 슬프고 미래는 황량하다. 그녀를 보고 있노라면 발타자르 그라시안이 〈세상을 보는 지혜〉에서 한 말이 떠오른다.

"행복을 한 입 크게 물려면 소화할 수 있는 위장을 지녀야 한다."

소화할 수 있는 위장이란 바로 자기 달란트에 맞는 삶을 사는 것을 말한다. 화초처럼 청초했던 그녀로서는 정치판의 권모술수를 소화해 내기 어려울 수밖에 없었다.

이야기 마무리 왜 자신을 아는 일이 중요한가?

우리는 각자 구슬 서 말씩을 받아 삶을 시작한다. 그 구슬은 모양과 빛깔과 용도는 달라도 무게만은 똑같다. 그것이 각자의 인생에 주어진 달란트다.

진주를 실에 꿰다 윌리엄 팩스턴 1868-1941 미국, 1908

퇴색하고 금간 구슬에 칠보를 입혀 보석처럼 빛나게 만드는 사람이 있다. 그런가 하면 욕심을 부리다 구슬을 잃고 빈손으로 석양을 바라보고 있는 이도 있다. 남의 달란트를 훔쳐보다 넘어져 발목에 깁스를 한 사람이 어디 한둘이던가.

나에게 주어진 서 말의 구슬을 갈고 닦아 나만의 인생 작품을 빚을 것인가? 남의 구슬을 넘보다 탈진할 것인가? 선택에 대한 책임은 자신이 져야 한다.

지금 정원의 비수빛 달빛을 바라보며 외로움에 밤잠을 설치고 있는가? 지금 식탁은 풍성한데 찾아오는 친구가 없는가? 이유야 어디에 있든, 그대 불행은 그대 책임이다.

가득 채워진 잔은 아슬아슬 불안하다. 불볕은 초목을 목마르게 한다. 행복의 상태를 한마디로 표현하라면 주저 않고 '평온'을 꼽으리.

평온은
보리밭에 넘실대는 미풍이며
호수에 내린 달빛의 춤사위 같은 것

평온은
적당하게 채워진 잔의 고요이며
과일을 익히는 가을 햇살 같은 것.

인생은 순례,
자기 옷을 입어야 여정이 순조롭다

세상은 여행자들의 주막이다.
―아프가니스탄 속담

해돋이 앞의 여인 카스파르 프리드리히 1744-1840 독일. 1820

    화창한 여름날, 예상치 못한 소나기가 쏟아진다. 이런 날씨를 두고 변덕스럽다 한다. 인생도 그렇다. 갑자기 비가 쏟아질 때 신속하게 피하려면 직관(直觀)과 예지(睿知)가 필요하다. 때문에 우리는 직관력과 예지

력을 갖춘 다음에 길을 나서야 한다.

친정의 부유함에 기댄 오만방자, 남편의 출세에 힘입은 교만, 자녀의 성공에 들뜬 행복감. 이런 것을 투구와 방패로 삼는 것은 마치 남의 옷을 입고 길을 나서는 것과 같다.

이야기 하나 작업복으로 갈아입고 세상으로 나가다

하루아침에 누리고 있던 것을 잃으면 주저앉게 된다. 그녀가 그랬다. 남편의 사업 실패로 두 칸짜리 월세로 옮겼을 때 남편이 강조했다.

"잘 사는 형, 친정부모에 기댈 생각은 꿈도 꾸지 말아요."

그때 어느 책에선가 읽은 구절이 떠올랐다.

'자신에게 소용없는 것을 들어내는 것이 행복의 첫째 비결이다.'

명품가방이 가당치도 않은 것을 알고 부끄러웠다. 돈이 될 만한 물건은 중고시장에 내놓고 남편 친구를 찾아갔다. 그녀의 자문자답이다.

"그때 작업복으로 갈아입지 않았다면, 그때 친척의 부유함을 기웃거리다 등뒤에 쏟아졌을 모멸감에 허물어졌다면 어떻게 됐을까요? 지금의 자족감은 얻지 못했을 거예요."

명품을 벗어던지고 일터로 나선 그녀의 신속함은 어디서 온 것인가? 바로 그녀 자신 안에 있었던 삶에 대한 의지에서 온 것이다. 그녀가 경험한 삶을 파울로 코엘료가 〈연금술사〉에서 의미심장하게 표현했다.

"더 이상 잃을 것이 없을 때 나는 전부를 얻었다. 지금까지 살아온 내 삶을 포기했을 때 비로소 내 운명을 자유롭게 선택할 수 있음을 깨달았다."

벽 너머에 필리포 팔라지 1818-1899 이탈리아, 1865

이야기 둘 그녀의 인생 우산, 바람에 날아가다

가문의 명예나 재력은 불안한 유동자산에 속한다. 이 유동자산을 믿고 꿈을 꾸다 추락한 여인이 있다.

불문과를 나온 그녀는 유럽에 대한 환상에 젖어 있었다. 견문을 넓히고 오겠다며 느닷없이 사표를 던졌다. 그녀의 갑작스런 결정에 동료들이 어리둥절했다.

그녀가 떠난 얼마 후 정계의 유망주로 집안의 대들보였던 큰오빠가 비명에 떠났다. 막내인 그녀의 든든한 후원자였던 큰오빠의 빈자리는 너무나 컸다. 꿈을 접고 돌아왔지만 부모는 자녀들의 봉양이 필요한 처지라 그녀 가슴이 더욱 황량했다.

"왜 우리 오빠에게…."

그녀가 세상을 향해 주먹을 휘두르지만 대답이 없다. 우리는 '왜' 라고 묻기를 좋아한다. 결과를 '왜'에 떠넘기고 책임을 회피하려는 심정에서다. 인간만이 시시때때로 요동치며 뒤집고 던지고 아우성칠 뿐 세상은 한 치의 오차도 없이 제 길을 갈뿐이다.

위험해! 아서 해커 1858-1919 영국, 1902

한 자락 비바람에 찢어질 우산, 그녀가 오빠를 '평생 우산' 으로 여기지 않고 인생을 설계했다면 어떻게 됐을까? 비 내리는 저물녘, 우산도 없이 흠뻑 젖어 막차를 기다리는 여인. 내가 마지막 본 그녀 모습이었다.

이야기 마무리   걸림돌을 디딤돌로 삼으려면

아무리 값비싼 비단옷이라도 남의 옷을 입으면 거추장스러워 순발력을 잃게 된다. 독일 격언에 이런 말이 있다.

> "행복은 지배해야 하고 불행은 극복해야 한다."

행복을 지배하고 불행을 극복하기 위해서는 자기 옷을 입고 길을 나서야 한다. 앙드레 지드의 말이다.

> "아주 오랫동안 육지를 보지 못한다는 각오가 없이는 새로운 땅을 발견할 수 없다."

행복은 시간 정복자의 것이다

오늘이란 무엇인가? 그것은 영원이다.
―마이스터 엑카르트

시간이 진실을 벗기다 장 프랑수아 트루이 1679–1752 프랑스

시간이 쏜살같이 느껴질 때마다 그리스 신화에서 만난 시간의 신(神) 크로노스 모습이 떠오른다. 크로노스는 어머니 가이아의 뜻에 따라 아

버지 우라노스를 거세(去勢)한다. 그때 사용한 큰 낫을 휘두르며 그가 호언장담한다.

"너희들 운명은 내 손에 달렸어. 이 낫이 보이지도 않아."

눈 깜짝할 사이에 푸른 청춘을 백발로 만드는 시간. 시간은 독재자다. 부드럽게 흘러가다 어느 순간 단호하고 매정하다. 칼 하인츠 가이슬러가 그의 저서 〈시간〉에서 내린 결론이다.

"우리가 시간을 통제하고 있다고 믿는 순간 우리는 알아차린다. 우리를 통제하고 있는 것이 바로 시간임을."

이야기 하나 모성애를 무기 삼아 시간과 싸우다

아무리 시간이 전지전능하기로서니 한번 대들어 보지도 못하고 백기를 들 수는 없다. 내가 내 시간의 신, 크로노스가 될 수는 없는가? 이 물음에 대한 답이라며 유대인이 내민 탈무드 구절이다.

"시간은 지나간다! 우리는 보통 그렇게 말한다. 하지만 원래 시간이라는 것은 없다. 우리의 움직임, 그것이 시간이다."

그렇다. 움직임이 시간이다. 생명의 아름다움은 움직임에 있다. 희망을 가지고 움직이면 희망의 세계가 문을 열어 준다.

치열하게 움직여 시간의 폭력을 이겨 내고 운명의 주인이 된 여인이 들려준 이야기다. 인생 밑그림 위에 아름다운 물감으로 색칠을 시작하려던 참이었는데 셋째 아이 백일을 앞두고 남편이 심장마비로 눈을 감았다. 슬픔에 잠길 겨를도 없었다. 당장 교사 사택을 비워 주고 거리로 나았게 되었다. 그때 그녀 나이 서른둘이었다.

그녀는 세 아이와 살아갈 일도 막막했지만 아이들 교육을 생각하면 앞이 캄캄했다. 깊은 밤, 기도하는 마음으로 군수 앞으로 편지를 썼다. 절절한 심정으로 쓴 눈물 젖은 사연이었다. 교육열에 불타는 모성애에 감동했으리라.

사랑, 아름다움, 희망이 시간을 정복하다 시몽 부에 1590-1649 프랑스

군수가 보건소 일용직을 마련해 주었다. 밤을 밝혀 공부를 계속하여 진급시험이 있을 때마다 도전했다. 한 계단씩 밟아 앞으로 나아갔다. 그녀의 성실성에 시간의 신이 감동했으리라. 시청공무원 과장으로 정년 퇴직하기에 이른다.

"그 시절 저는 직장인, 아이 셋의 아버지와 엄마 몫까지 1인 3역을 하느라 항상 시간에 쫓기며 지냈어요. 한마디로 시간과의 전쟁이었지요. 시간은 참으로 가혹했지만 양보할 수 없었어요. 제가 시간에 굴복하면 아이 셋 인생까지 함께 무너지는 일이었으니까요."

재혼 권유도 있었지만 남의 아이 키워 주려 자기 아이 셋을 버리는 일이라 그녀로서는 받아들일 수가 없었다. 그녀의 뜻이 워낙 단호해 첫 거절이 있은 후 아무도 그녀에게 재혼 이야기를 꺼내지 못했다. 그녀가 강조한다.

"시간의 신이 아무리 잔인하게 낫을 휘둘러도 엄마의 사랑으로 아이들의 손을 잡으면 이겨 낼 수 있어요."

이야기 둘 자기도취에 빠져 시간의 포로가 되다

시간은 교만을 용납하지 않는다. 지식 권력 명예 재력까지도 거침없이 먹어치우는 대식가다.

시간은 무너뜨릴 틈만 보이면 지체 없이 달려든다. 자기 아름다움에 취해 나르시시즘에 빠지는 순간 촘촘하게 쳐놓은 시간의 그물에 걸린다. 그 대표적인 이야기다.

그녀는 3개 국어에 능통했다. 인생은 언제까지고 빛날 것이며, 머지 않아 페르시아 왕자가 나타날 것이라 믿는 그녀를 아무도 자기도취라 여기지 않았다. 그녀의 미모와 실력이라면 곧 이룰 수 있을 것으로 보였다.

세상은 실력을 휘두르며 도도한 사람보다는 성실하고 책임감 있는 사람을 원한다. 어영부영 세월이 흘러 그녀 실력에 먼지가 쌓이면서 올드미스 반열에 오르고 말았다.

시간이 노년에게 아름다움을 훼손하라 지시하다 폼페오 바토니 1708-1787 이탈리아, 1746

시간은 그녀의 자만심에 관대하지 않았다. 시간이 얄팍한 저축과 암기식 지식을 야금야금 먹어치우자 그녀 인생에서 덜커덩거리는 소리가 났다. 다급하게 결혼지상주의자로 나섰지만 그 일도 여의치 않았다.

이야기 마무리 시간의 줄타기에서 떨어지지 않으려면

우리는 '시간이 돈'이라며 열변을 토한다. 그러면서 시간 다발을 뿌리고 다닌다. 몽테뉴가 〈수상록〉에서 한 말이다.

> "누가 당신더러 돈을 꾸어 달라면 주저할 것이다. 왜냐하면 당신이
> 써야 할 테니까. 그런데도 어디로 놀러가자면 당신은 대개 응할 것이
> 다. 말하자면 돈보다 시간을 빌려주는 편에는 아주 관대하다."

시간의 춤 가에타노 프레비아티 1852-1920 이탈리아, 1899

몽테뉴 말처럼 우리는 시간을 탕진한 다음 되돌릴 수 없는 지점에 와서야 비로소 탄식한다. 여기에 인간적인 비애가 있다. 삶의 충만을 위해 투자하는 시간에는 인색하면서 낭비하는 시간에는 무심하다.

A은퇴연구소가 '은퇴 전 준비하지 못해 후회하는 것이 무엇이냐'는 질문을 던진 적이 있었다. 대답 가운데 우선순위에 오른 세 가지다.

노후 여가자금을 준비하지 못한 것.
평생을 즐길 취미를 갖지 못한 것.
체력을 단련하지 못한 것.

이 셋은 하루아침에 얻을 수 있는 것이 아니다.

두려워하면 두려워하는 것의 지배를 받게 된다. 시간을 두려워하지 않으면 시간과 친구가 될 수 있다. 편안한 시선으로 시간과 대화를 나누면 시간이 들려주는 곡조의 다양함에 놀랄 것이다.

우주는 사랑하는 사랑에게는 사랑의 노래를 들려준다. 크리스토프 듀드니가 〈세상의 혼〉에서 한 말이다.

"시간은 무도장인 동시에 음악이다. 움직이는 모든 것과 움직이지 않는 듯 보이는 모든 것은 다 시간이 만들어 낸 춤이다."

그대가 존중받기를 원하면

진정한 행복은 마음의 평화에서 시작된다.
―달라이 라마

생각에 잠긴 독서자 프란츠 드보라크 1862-1927 오스트리아, 1906

출근 시간대의 전철은 발 디딜 틈이 없다. 문이 열렸는데 앞을 가로막은 여자가 스마트폰에 코를 박은 채다. 어깨 너머로 본 그녀의 스마트폰에 화투짝이 늘려 있다.

주위의 불편은 아랑곳없이 문을 가로막은 채 혼자 키득거리며 화투

놀이라니! 취미는 개인의 자유다. 하지만 누가 이 여인의 행동을 존중할 수 있겠는가.

이야기 하나 드라마와 열애 중인 그녀 집 거실 풍경

사람들은 언제 행복한가? 존중받을 때라 한다. 존중받기를 포기한 여인 이야기다. 남편 사업체가 지방에 있어 수년째 주말부부다. 주말남편이 현관을 들어서도 그녀는 드라마에 빠져 넋을 놓은 채다.

텔레비전중독에서 그녀를 구하려 했지만 헛수고였다. 영화는 내용이 휙휙 지나가 따라갈 수 없다. 음악회는 졸리고, 산책은 귀찮다. 급기야 남편이 선언했다.

"텔레비전 소리만 윙윙거리는 집에서 그동안 힘들었어. 이제 주말이 와도 이 집에 나는 없을 거다."

멜로드라마 장면 루이 브아이 1761-1845 프랑스, 1830

주말을 즐기라며 격려해 주는 좋은 친구를 만나 등산모임에 나갈 것이라 한다. 그러니 이해까지는 바라지 않지만 말리면 어디로 튈지 모르니 그리 알라는 것이다. 그녀의 드라마 사랑이 남편을 집 밖으로 몰아낸 것이다.

내가 그녀 집을 방문했을 때 남편은 배낭에 영혼을 담아 외출하고 없었다. 가구 위에 쌓인 먼지, 어지럽게 널브러진 옷가지, 빛바랜 정물화, 을씨년스런 그녀 집 거실 풍경이었다.

이야기 둘 존중받는 길을 시간에게 물었더니

영어는 인도의 공용어는 아니지만 지식인들이 사용하고 있어 신분을 가늠하는 척도다. 이런 분위기라 영어를 못해 소외된 삶을 살고 있는 여인의 불행감이 깊다. 이때 뉴욕에 사는 언니가 딸 결혼식에 그녀 가족을 초대하면서 그녀가 먼저 와서 도와달란다.

입국 수속 때의 좌충우돌, 커피 주문 때 벌어진 소동 등 영어로 인한 스트레스로 미국 생활이 즐겁지 않다. 이때 지나가는 버스에 붙은 '40일 영어완성' 광고를 보게 된다.

도전은 아름답다. 도전이 없는 인생은 제자리걸음 인생이다. 수강생 중 프랑스인 요리사가 존중의 눈빛으로 다가온다. 남편과 아이들에게서 존중받아 본 적이 언제였던가?

그녀 마음이 흔들린다. 그런 와중에 도도했던 영어 세계가 그녀에게 문을 열어 주었다.

결혼 피로연에서 축하인사를 영어로 말하자 남편과 아이들 눈이 휘둥그레진다. 놀람이 죄책감으로 변하더니 그 자리에서 존중의 눈빛으로 반짝인다.

시간의 뒤를 잡고 프랑수아 메나조 1744-1816 프랑스, 1780

영화 〈굿모닝 맨하탄(English Vinglish)〉의 줄거리다. 이 영화의 주제는 그
녀가 프랑스 요리사에게 건네는 말에 함축되어 있다.

"당신 조언대로 자신감을 가지고 삶을 사랑하자 지루하던 일상이
즐겁고 멋져 보였어요."

이야기 마무리 매일 아침 꽃병에 맑은 물을 보충하듯

텔레비전에서 한 발 물러나 생각하는 삶을 살아야 한다며 톰 하트만이 〈우리 문명의 마지막 시간들〉에서 전한다.

> "TV를 꺼라. 그리고 매일 10분에서 15분 정도 조용히 앉아 있어라. 매일 짧은 시간만이라도 밖으로 나가 산책하라. 그러면 당신 인생은 훨씬 바람직하게 바뀔 것이며, 그 자체만으로도 지구의 회복에 기여하는 것이다."

존중받기 위한 삶은 매일 아침 꽃병에 맑은 물을 보충하는 것과 같다. 연두색 물결이 출렁이는 계절, 풀밭에 자운영이 만발인데 그대가 텔레비전에 묻혀 지낸다면?

마른 꽃잎 위에 무당벌레가 앉은 모습과 무엇이 다르겠는가. 그런 모습으로 존중받기를 바라는 것은 염치없는 일이다.

골드이모와 딩크족,
행복에 대해 말할 수 있으려면

행복은 드문드문 찾아올 때가 더 안전하다.

―그라시안

한바탕 부는 바람 조르주 헨드릭 브레이트너 1857–1923 네덜란드, 1898

바람이 분다. 바람이 분다는 것은 뚜벅뚜벅 걸어가던 역사가 어느
순간 달음박질치는 것에 해당한다. 자유 구가의 열풍, 각종 이념의 된

바람 등. 인류 역사는 바람의 기록이었다 해도 과언이 아니다. 그럼 오늘 이 땅에 불고 있는 골드이모와 딩크족은 역사에 어떤 영향을 미칠 바람인가?

골드이모는 경제력 있는 미혼녀가 늘어나며 매스컴에 등장한 신조어다. 명품 옷은 물론이고 여행비도 도맡아 내고 이름 있는 날이면 두툼한 현금 봉투를 건네는 이모다. 물론 골드고모, 골드삼촌도 있다.

Double Income No Kids의 앞 글자를 딴 딩크(DINK)족은, 맞벌이 부부로 수입은 많아도 아기는 갖지 않겠다는 부부다.

통계청 발표에 따르면 2012년부터 5년 동안 혼인신고를 한 신혼부부 115만 1,000쌍 중 자녀가 없는 부부가 36.3%다. 열 쌍 중 세 쌍이 자의든 타의든 자녀 없이 살고 있다.

이야기 하나 운명에 주먹질을 하면

남성 36.2%, 여성 56.8%가 독신자다. 이 심상치 않은 바람의 앞장 세력이 여성이다. 물론 결혼하지 않았기에 인류에 공헌한 여성도 있었다. 하지만 그때의 독신자 수는 인류 미래를 위협할 정도는 아니었다. 철학자 프란시스 베이컨의 말을 전해야 한다. 누군가 귀기울여 주길 바라며.

"결혼에 이르는 사랑은 인류를 낳고 참다운 사랑은 인류를 완성시킨다."

자아 성취를 주장하는 독신녀의 대변자를 만나려 문을 나서니 자칭 '욜로(YOLO)족'이라는 여성이 기다리고 있다. 그녀의 설명이다.

청춘 아서 프랭크 매튜스 1860–1945 미국, 1917

"욜로가 무슨 뜻이냐고요? 인생은 한 번뿐(You Only Live Once)이라는 문장의 앞 글자를 딴 신조어잖아요."

당당하고 거침이 없다. 멀어져 가는 그녀 뒷모습을 바라보는데 문득 욜로족의 선구자에 속했던 후배 모습이 떠오른다. 그녀는 만날 때마다 푸념이 늘어 갔다.

"부모님 봉양도 버겁고, 동생들과의 갈등에도 지쳤어요. 인간고(人間苦) 없는 섬으로 떠날 거예요."

그런 섬은 어디에도 없다며 말렸지만 끝내 태평양을 건너 뉴욕 끝자락 친구 집에 짐을 풀었다.

직장을 다니며 독립을 준비하던 무렵, 친구가 덜컥 중병에 걸려 그녀 발목을 잡았다. 늦었지만 러시아 작가 바딤 젤란드가 〈리얼리티 트랜서

핑)에서 한 말을 전해야 한다.

> "자기 운명을 책임진다는 것은 짐이 아니다. 그것은 자유다."

넘어지고 부서지며, 때로는 다독이고 달래며 운명을 받아들일 때 비로소 운명으로부터 자유로워진다는 뜻이다. 행복은 사랑과 배신, 꿈과 좌절 등 크고 작은 사건들이 발목을 잡는 삶의 경기장에서 슛(shoot) 하나를 넣었을 때의 황홀한 감격의 순간에 있다. 평생 슛만 넣으며 살고 싶다고? 그때의 슛은 감동이 아니라 무미건조함이 된다.

청춘을 탕진하면 어떻게 될까? 젊음은 지나가고 적막이 찾아와 남은 인생의 동반자가 되겠노라 우길 것이다. 존 쿠퍼 포우어스가 〈고독의 철학〉에서 한 말이다.

> "우리는 외면적인 쾌락을 미친 듯이 좇고 권력이나 영광이나 금전이나 건강이나 세평을 구하면서도 행복은 구하지 않는다."

이야기 둘 예술가가 되고 싶으세요?

초등학생 딸이 골드이모 화실을 드나들더니 화가가 되겠노라 우긴다. 엄마의 고민이 깊다. 예능 뒷바라지도 걱정이지만, 진짜 걱정은 딸이 겪게 될 문제 때문이다. 화가의 꿈을 접기까지 동생이 겪은 아픔을 지켜보아서다.

동생은 지금 행복하다지만 가슴에는 포기한 꿈이 응어리져 있을 것이다. 조카와 수다를 떨다 밤늦게 돌아가는 동생의 뒷모습을 볼 때마다 묻게 된다.

아기에게 꽃을 프란츠 드보라크 1862-1927 오스트리아

"조카 사랑은 대리만족인데 너 후회하지 않겠니?"
애비게일 마시가 〈착한 사람들〉에서 한 말이다.

"모정이야말로 별의 탄생만큼이나 웅장한 존재의 폭발이었다."

우주에 생명이 꿈틀거리기 시작한 흑암의 시대에는 사랑이 존재하지
않았다. 갓 태어난 아기와 최대한 많이 접촉하려는 모성애가 사랑의 시
작이었다. 때문에 모성애야말로 사랑의 정수(精髓)다.

이 세상에 무엇이 꽃잎이 놀라 떨어질 정도로 극적이게 우리를 울고
웃게 할 수 있는가? 누가 감동의 눈물을 흐르게 하고 가슴을 뛰게 하

는 예술품을 탄생시킬 수 있는가? 오직 어머니와 새로 태어난 생명만이 할 수 있다. 오히예사가 〈인디언의 영혼〉에서 한 말이다.

> "어떤 사랑하는 사람의 시선도 아이의 깊고 신뢰하는 눈보다 더 매혹적이지 않다."

이야기 마무리 가족이 무너지면 인류도 무너진다

가족 사랑만이 인류를 구할 수 있음을 이야기해야 한다. 이 사실을 짚어 준 영화 〈러브(Love)〉 이야기다. 젊은 남자가 상실감에 빠져 있다. 아기가 태어나자 작업실을 아기 방으로 내놓았다. 이 집 어디에도 자기 공간이 없다. 상실감이 절정에 달한 날 새벽 전화벨이 울린다.

"딸의 행방이 묘연한데 자네는 알 것 같아서…"

옛 연인의 어머니가 남긴 메시지다. 이별한 지 2년. 그녀와 지낸 사랑의 시간들이 떠오른다. 배신감을 이기지 못해 삶을 포기했을지도 모른다는 죄책감에 괴롭다. 그녀의 행방을 찾아 전화통에 매달린 남편 모습이 민망해 딸을 안고 집을 나서며 아내가 말한다.

"당신 과거는 당신이 해결해요. 나는 당신 미래를 책임질 테니."

남자의 회상은 추적추적 내리는 빗소리에 젖어 구슬프다. '우리는 서로 사랑했는데 왜 헤어졌던가?' 그녀가 아기를 원치 않아 결혼을 미뤄 오던 중 그가 사는 아파트에 젊은 여성이 이사를 왔다. 만나 보니 그녀 후배다.

셋이 어울려 성애(性愛) 놀이에 분별력을 잃은 순간 실수로 후배가 임신을 했다. 이 사실을 안 그녀의 배신감이 극에 달한다. 하지만 엄마 되기를 거부해 온 여인의 쓸쓸함을 안고 퇴장할 수밖에 없었다.

사랑의 세 요소로 모든 것을 정복하다 벤자민 웨스트 1738-1820 미국

　저물녘 아내와 딸이 돌아왔다. 욕조에 앉아 눈물에 젖은 아빠를 본 딸이 갑자기 아빠보다 더 서럽게 운다. 아장아장 걷는 아이가 그토록 서럽게 우는 모습을 본 적이 없다. 아빠가 떠날 것 같은 예감에 두려웠던 것이리라. 아빠가 딸을 안고 약속한다.

　"아빠 떠나지 않아. 엄마를 사랑하니까."

　어린 딸의 눈물이 좌절의 늪에서 아빠를 구했다. 아빠와 엄마 사이 꺼져 가던 사랑의 불꽃을 살려 냈다.

　40대 올드미스 딸을 둔 엄마가 말한다.

　"골드이모와 딩크족! 그들이 선택한 인생이니 자기 인생을 책임지는 삶을 살았으면 좋겠어요."

이 말에는 인생의 마지막 순간까지 외롭다는 말 하지 않고 행복하기를 바라는 엄마의 절절한 마음이 담겨 있다. 가족 사회 국가. 어느 누구에게도 짐이 되지 않을 때 비로소 세상을 향해 행복하다고 말할 수 있음을 명심하라는 엄마의 애절한 마음이 담겨 있다.

행복은 가족이라는 꽃밭에서 피어나는 꽃이다. 고달프고 슬프고 힘든 것. 그것은 꽃이 피는데 필요한 바람이며 봄비인 것을. 파울로 코엘료가 〈연금술사〉에서 한 말이다.

"사랑하는 순간에는 누구나 기적을 행하는 자가 된다."

가족 사랑은
열사(熱沙)의 모래폭풍을 건너
살을 에는 빙산을 넘어
'너'에게로 달려가는 기적의 춤이다

가족 사랑은
생명의 아름다움을 찬미하며
영원을 꿈꾸는 영혼의 노래다.

이야기 12

인생의 갈림길, 머뭇거림은 짧을수록 좋다

길이 닫힐 때 나머지 세상이 열린다.
—파커 파머

양산 쓴 여인이 지나가는 도개교 빈센트 반 고흐 1853–1890 네덜란드

살아가노라면 크고 작은 갈림길을 만난다. 어느 쪽 길이 행복의 길인가? 가 보지 않고는 알 수 없다. 어쨌든 한쪽 길은 포기해야 한다. 포기에는 결단이 필요하다.

결단의 순간 남자와 여자의 행동에는 어떤 차이가 있을까? 정신의학자 칼 융을 만나 답을 물어보았다.

"남성의 특성은 사물을 사랑하는 것이며, 여성의 특성은 인간에 대한 사랑이다. 때문에 여성은 어려운 일도 자기를 던져 해낼 수 있다."

어느 길이 부시로 가는 길일까? 토마스 모스틴 1864-1930 영국, 1893

융의 말처럼 남자는 갈림길 앞에서 냉정하지만 여자는 쉬운 길을 버리고 어려운 쪽 길을 택한다. 헌신적이고 강인한 모성애 때문이다.

이야기 하나 자작나무 숲으로 빛나기 위해

남편이 사업차 지방으로 간 지 몇 년 후, 낯선 여인이 찾아와 아내 자리를 내놓으라며 다그쳤다. 남편이 원망스러웠지만 두 아들의 어머니 자리를 선뜻 내놓을 수는 없었다.

학교 행정직으로 근무한 그녀 연금으로는 식구들 입에 풀칠하기도 빠듯했다. 설상가상. 남편의 사업 실패로 집마저 경매로 넘어가자 방 두 칸짜리 월세로 옮긴 후 파출부로 나섰다.

십년 만에 찾아온 남편이 취학 연령이 된 딸아이를 사생아로 만들 수 없다며 이혼서류를 내밀었다. 그녀 분노가 어떠했으랴.

이혼 후 시어머니를 모셔 가더니 요양소로 보내려 했던가 보다. 아흔의 시어머니가 정신이 오락가락하는 중에도 그녀만을 찾는다는 통사정에 다시 모시기로 했다는 그녀 말이다.

"정이란 참 무서워요. 20년을 모신 시어머니인데 모른다 할 수가 없었어요. 아이들 할머니잖아요. 시어머니를 길거리로 내치려는 그들에게 아이들을 맡겼다면 어떻게 됐을까요?"

그녀가 어머니라는 이름으로 버텨 온 세월은 어둡고 습한 터널을 지나는 삶이었다. 터널을 벗어난 오늘의 그녀 모습은 마치 하얗게 빛나는 자작 숲을 닮았다.

그녀는 지금 청년으로 자란 아이들을 바라보며 그때의 선택에 자부심을 느낀다.

이야기 둘 제3의 길에서 희망을 건지다

그녀는 소아마비를 앓아 오른쪽 다리를 심하게 저는 장애인이다. 며칠에 한번 통통선이 생필품을 싣고 오는 남단 끝자락 섬마을에서 진료 시간을 놓쳐 그리되었다.

부모는 그녀를 특별히 배려했다. 공무원이 되라며 뭍으로 보내 전문대학을 보냈지만 공무원시험에 합격하기란 쉽지 않았다.

자신이 문학작품에서 위로받았듯 누군가를 위로할 수 있는 작가가 되고 싶었다. 하지만 기약 없는 꿈을 위해 더 이상 부모의 짐이 될 수는 없었다.

빈손의 장애인으로 할 수 있는 일은 아무것도 없었다. 꿈을 포기하고 그녀가 찾아간 곳은 산속 암자였다. 머문 지 두 달여, 그녀를 지켜본 비구승이 내린 결론이었다.

"머리 깎을 팔자는 아닌 것 같구나."

서둘러 산을 내려왔다. 친구 자취방에 머물며 미용사 자격증을 손에 넣었다. 자신의 아픔을 이해해 주는 남편을 만난 것은 행운이었다. 그때부터 가슴을 짓누르던 한(恨)이 녹아내렸다.

그녀가 어느 길로 가야 할지를 몰라 허둥대던 무렵, 그녀 인생을 바꿔 놓은 글귀다.

'그대 앞의 길이 오직 두 갈래 길일 때는 세 번째 길을 택하라.'

세 번째 길을 만나기 위해서는 걸음을 멈추고 길섶에 앉아 멀리 내다봐야 한다. 그래야 온갖 열매로 풍성한 숲속 오솔길을 발견할 수 있다.

이야기 마무리 어려운 길, 그곳에 내일이 있었다

자주 인용되는 이야기다. 스탠퍼드대학교 심리학 교수 월터 미셸이 네

살짜리 아이들에게 마시멜로를 주며 말했다.

"지금 먹지 않고 15분을 기다리면 한 개를 더 주겠다."

이때 3분의 1에 해당하는 아이들이 기다리는 쪽에 손을 들었다. 15년이 지난 후 실험에 참가한 아이들의 삶을 추적했다. 기다린 아이들은 학업성적이 우수했고 기다리지 못한 아이들은 비만과 약물중독 등에 빠진 경우가 많았다. 갈림길에서의 선택과 인내가 얼마나 중요한가를 알게 하는 실험이다.

세 여인, 여름 저녁 하랄드 슬롯 묄러 1864-1937 덴마크, 1895

현대문명은 속도문명이다. 정지신호를 무시하고 뛰라며 우리를 부추긴다. 대부분은 이런 부추김에 쉽게 넘어간다. 하지만 그녀들은 달랐다.

새 출발을 마다하고 아이들과 함께 뚜벅뚜벅 걸어온 이혼녀, 눈물을 머금고 '작가의 꿈'을 포기한 소아마비 미용사, 무거운 짐을 지고 여자의 길을 걷고 있는 많은 여인들. 그녀들이 말한다.

"살아가노라면 크고 작은 절망이 길을 가로막을 때가 왜 없겠어요. 그때 어려운 쪽 길을 택했기에 오늘 새로운 세계로 향하는 넓은 길에 서 있는 거지요."

새벽 골목길 우유배달부의 길
새참을 인 촌부의 길
만선을 기다리는 어촌 아낙의 길

치열한 삶으로
새벽을 여는 그들이 있어
세상은 오늘도 아름답다.

3. 결혼

첫 결혼 번 존스 1833-1898 영국

출항을 서두르면 폭풍의 징조를 놓친다

모든 탄생에는 기다림의 시간이 있다.
―마리아 릴케

보트 안 젊은 여인 제임스 티소 1836–1902 프랑스, 1870

상방합의로 이뤄지는 법률행위라 하여 결혼을 통혼(通婚)이라 부르기
도 했다. 통혼풍습이 변했다. 결혼식만 하고 혼인신고를 미루는 반쪽
결혼(半婚), 결혼은 싫지만 아이는 낳고 싶은 비혼모(非婚母), 독신의 자유

를 누리기 위해 결혼을 중년 이후로 미루는 기호결혼(嗜好結婚) 등의 신조어가 등장한 시대다.

모든 인간관계가 그러하지만 특히 결혼에서는 조건보다 내용이 중요하다. 조건만 보고 결정하면 예상치 못한 복병을 만난다.

이야기 하나 어렵게 결심한 언약식, 허망하게 끝나다

남자 어머니가 퇴원하면 결혼식을 올릴 것이라며 후배가 동거를 선언했다. 가족이 반대했지만 소용이 없었다.

사랑은 누를수록 튀어 오르는 용수철을 닮았다. 남자의 음악카페가 문학소녀의 꿈을 포기 못한 그녀의 감성을 부추겼다. 부질없으리라 느끼면서도 노파심에서 물었다.

결별 에드바르트 뭉크 1863-1944 노르웨이, 1896

"타오르다 사그라질 들뜬 사랑은 아닌지? 남자 삶에 드리워진 그림 자는 잘 살폈는지?"

그녀의 동거는 일 년을 넘기지 못하고 끝났다. 청소년 시절 불장난으로 태어난 아이를 동생으로 입적시킨 사실이 드러났다. 얼마 후 카페마저 빚쟁이 손에 넘어갔다.

남자의 과거를 알았어도 동거를 강행했겠느냐고 묻자 그녀가 쏟아낸 대답이다.

"아마도 모성애 본능까지 발동해 가관(可觀)이었겠죠. 오빠가 그의 학력을 문제삼았을 때 인생은 학벌이 아니라며 반발했거든요. 미래가 꽝이라는 여동생 말에 중요한 건 현재라며 잘난 척했다니까요."

하객들 앞에서 서약한 통혼이었다면 그날의 맹세를 되새기며 어려움을 극복할 수도 있지 않았을까.

이야기 둘 외로움을 팔려다 가진 것 모두 잃다

어릴 때 미아가 된 그녀는 언젠가는 가족을 만나리라는 꿈으로 힘든 세월을 버텼다. 고아원에서 자란 그녀가 졸업하고 자립을 시작했다.

생활이 안정되자 허탈감이랄까, 참아온 가족 그리움이 수면 위로 고개를 내밀었다. 하지만 어느덧 청춘이 저물고 있었다. 가족을 만나리라는 꿈을 접고 새 가족을 만나 화목한 가정의 일원이 되기로 했다.

그녀의 외로움을 안타까워한 선배가 있었다. 가족을 엮어 주려 살피던 중 믿을 만한 고객이 들고 온 자리라 솔깃했다. 선배를 믿어 온 그녀였던지라 극진히 모시겠다는 딸들의 말도 있고 해서 여생을 함께하기로 했다. 가족을 얻는 기쁨에 나이 차는 안중에도 없었다. 현찰 부자니 돈 걱정은 없으리라 여겨 가진 것 모두 소녀가장후원회에 희사했다.

어울리지 않는 결혼 바실리 푸키레프 1832-1890 러시아, 1862

   그랬던 그녀가 온몸에 고달픔을 감고 선배를 찾아왔다. 그동안 가사도우미와 다름없는 생활을 한 그녀 수중에 통장 하나 없다는 이야기를 듣고 선배가 분개했다.

   "할아버지 칠순을 치르고 용기를 냈대요. 더 이상 아무것도 바라지 않으니 지금 살고 있는 집만 자기 이름으로 해 달라고요. 인색하기로 소문난 딸들에게 미루더래요."

그녀가 혈혈단신 빈손인 것을 알고 가족이 합세해 깔아뭉갠 것이라며 선배가 분을 삭이지 못한다. 성실하고 정직하게 살아온 그녀는 당연히 지난 세월을 보상받아 행복해야 한다. 하지만 인생은 덧셈 뺄셈처럼 단순한 것이 아니다. 그 집에서 나오기로 결심했다는 그녀가 떠나며 선배에게 한 말이다.

"그때 가진 걸 모두 없앤 건 크나큰 실수였어요."

선배도 후회했다. 결혼 후의 외로움은 결혼 전의 외로움보다 깊을 수 있다는 사실을 알려 주지 못한 것을. 러시아 소설가 안톤 체호프가 한 말이다.

"당신이 만일 고독을 두려워한다면 결혼해서는 안 된다."

이야기 마무리 장거리 마라톤의 완주를 위해

모든 일이 그렇지만 특히 결혼의 경우 최상의 조건이 최악인 경우가 있다. 그녀가 만난 남자가 그랬다.

졸업을 앞둔 때였다. 감기로 몸져누운 학보사 기자 룸메이트를 대신해 인터뷰를 맡은 후 그녀 삶이 화려한 상류층 인생에 접어든다. 인터뷰 주인공이 독신미남 백만장자였던 것. 배려 깊은 남자의 사랑을 믿고 그의 집으로 거처를 옮긴다. 하지만 으리으리한 저택에는 상상도 못한 복병이 기다리고 있었다.

그는 가학증(加虐症)에 빠진 사디즘 환자였다. 지금까지 그의 사디즘을 견디지 못해 떠난 여자가 무려 열다섯 명이다. 열여섯째인 그녀도 떠나기로 한다. 과거의 상처까지도 치유해 주고 싶은 연민에 흔들렸지만 그의 사디즘을 견딜 수가 없다.

에로스의 사냥 에드워드 번 존스 1833-1898 영국, 1882

　남자의 고백처럼 네 살짜리 고아가 백만장자가 되기까지 그의 내면에 쌓인 상처가 얼마나 깊었으랴.

　떠나는 그녀를 향해 자기 안에는 50가지 그림자가 있다고 고백하는 남자의 눈빛이 쓸쓸하다. 여인의 따뜻한 사랑도 그의 영혼을 치유하기에는 역부족이었다. 이처럼 어린 시절 입은 상처는 문신처럼 영혼에 깊이 새겨진다. 영화 〈그레이의 50가지 그림자(Fifty Shades of Grey)〉 이야기다.

우리는 유년 시절 입은 상처, 복잡한 가족관계, 천성 타성 습성 등이 자신의 그림자가 된 사실을 모른 채 살아간다. 그러니 상대의 그림자를 알기까지는 많은 시간이 필요하다.

때문에 조건만 보고 결혼하면 불쑥불쑥 나타나는 그림자에 놀라 기절을 반복하다 기절의 바다에 익사할 수도 있다.

결혼은 장거리 마라톤이다. 일찍 출발했든 늦게 출발했든 완주하는 사람이 승리자다. 완주를 위해서는 상대의 그림자를 이해하고, 받아들일 각오가 되어 있어야 한다.

결혼은 너와 나, 너의 가족과 나의 가족, 신뢰와 헌신, 인내와 봉사, 이념과 신앙 등 온갖 양념을 버무려 숙성시켜야 하는 인생의 중대사다. 때문에 인물이나 경제력 등의 조건만 보고 결정하면 완주를 포기하는 일은 언제든 일어날 수 있다.

이야기 14

기다리지 마라,
백마 탄 왕자는 오지 않는다

그대가 길을 떠나면 길이 나타나리라.
— 신비주의자 루미

기다리다 다니엘 나이트 1838–1924 미국

여자들은 왜 막장 드라마라 욕하면서 텔레비전 앞에서 떠나지 못하는가? 드디어 궁금증이 풀렸다. 〈한국 드라마 '뻔한 코드'를 거부하다〉라는 신문 기사를 읽고서였다.

세월이 드라마작가에게 물었으리라.

"언제까지 신데렐라 이야기나 하고 있을 거니?"

눈치 빠른 드라마작가들이 신데렐라 여주인공을 갈아치웠다. 그런 연유로 등장한 여주인공을 '사이다 여주'라 부른다. 속이 시원하다는 뜻에서 붙인 이름이다.

드라마는 세태의 반영이기도 하다. 드라마보다 더 드라마틱하게 변하는 것이 세상이다. 그러니 드라마라도 보지 않으면 세상 속도에 뒤처지는 느낌이 들 수도 있겠다.

이야기 하나 장미 향기가 매력이던 시대는 지나갔다

누군가를 기다리며 창가에 앉아 있는 소녀가 있다. 소녀 이름이 신데렐라 콤플렉스다. 남자에게 기대어 신분 상승을 꿈꾸는 여성의 의존 심리에 붙여진 심리학용어다. 이 시대가 신데렐라에게 말한다.

"백마 탄 왕자는 오지 않는다!"

세월의 변화를 읽지 못해 시대의 낙오자가 된 모녀 이야기다. 딸은 사업가 아버지의 재력과 하늘 높은 줄 모르는 엄마의 욕망을 먹고 공작새로 자랐다.

딸이 졸업하자 왕자 물색에 나섰지만 세상은 그녀 생각처럼 만만치 않았다. 맞선 자리에 보내면 번번이 퇴짜를 맞고 온다.

이때 지켜보던 친구가 아들 이력서를 들고 왔다. 그동안 거들떠보지도 않은 상대여서 자존심이 상했다. 그래도 혹시나 하고 만남을 승낙했는데 청년이 퇴짜를 놓았다.

아들이 상처 입을까 노심초사한 엄마가 놀라 어찌할 바를 모른다. 사귀는 여자가 있는 것이 틀림없다고 여겨 다그치자 마지못해 실토했다.

"스치기만 해도 흩어지는 말린 안개꽃 같았어요."

신데렐라의 구두 오브리 빈센트 비어즐리 1872-1898 영국

청년은 알고 있었다. 인생이란 예상치 못한 풍랑을 만날 때도 있다는
것을. 그때 살아남기 위해서는 결기(結己)가 필요하다는 것을. 그 결기는
바람에 흩어질 향기가 아니라는 것을. 청년의 속말이 여기까지 흘러왔다.

"남자가 땀 흘려 노를 젓는데 뱃전에 앉아 물장구나 치겠다고. 지금이 어느 시대인데."

이야기 둘 미인박명이란 말 들어보셨나요?

가인박명(佳人薄命)이란 말이 있다. 아름다운 여인은 운명이 기구하다는 고사성어로 미인박명과 같은 말이다.

옛사람들은 왜 아름다운 여인은 팔자가 기구하다 했을까? 자만심에 취하면 교만해지고 교만이 욕망을 만나면 불행으로 치닫게 된다. 아마도 미인들에게 그런 일이 잦았던 모양이다.

미인들은 아름다움을 가꾸는 일에 많은 시간을 보낸다. 그러다 보니 자기중심적이고 세상살이에 어둡다. 계몽주의사상가 베르나르 퐁트넬이 거침없이 쏟아 낸 말이다.

"미인이란 존재는 눈에는 극락, 마음에는 지옥, 돈주머니에 있어서는 연옥(煉獄)이다."

여기 미인박명을 대표하는 여인이 있다. 그녀는 어릴 적부터 아름답다는 찬사를 들으며 자랐다. 아름다움에 더하여 다재다능했다. 미술 이야기가 나오면 미학으로 달리고 문학 이야기가 나오면 시학까지를 논했다.

그녀는 막걸리든 위스키든 가리지 않고 술자리 대화를 즐겼다. 연애지상주의자로 우리 시대 마지막 낭만주의자였다.

그녀 주변에는 그녀를 흠모하는 남성들로 북적댔다. 올 때마다 새 연인을 데리고 나타나는 그녀의 변명이다.

"사랑을 느끼는 순간 거침없이 나를 던지게 돼요. 그러다 국수를 소리 내어 먹는 등의 사소한 장면에 정나미가 떨어지면 돌아서고 말아요. 이러면 안 되는 거 알지만 나도 나를 어쩌지 못해요."

팜므파탈과 허무 존 콜리어 1850–1935 영국, 1917

그녀의 변명이 너무나 솔직해 미워할 수가 없다. 중년에 접어든 가을 날, 연하의 귀공자와 사랑에 빠졌다. 언덕 위 하얀 집에 짐을 풀고 지친

몸을 쉬려는데, 부모의 반대를 이기지 못한 귀공자가 떠나 버렸다. 청춘 시절의 낭만이 걸림돌이 된 것이다.

이야기 마무리 그대는 아시나요? 왜 태어났는지를

셈법에 능한 여인이 있었다. 조강지처를 밀어내고 재벌마님 자리를 꿰찼다. 어느 날 핸드백을 고르는데 이것이냐, 저것이냐를 놓고 고심하고 있었다. 저울질이 길어지자 가격 때문이라 여긴 여직원이 나섰다.

"부자 아빠가 사 주실 때 좋은 걸로 하세요."

어디를 가나 아빠와 딸 사이로 본다. 그녀 자존심이 비틀거리자 창밖에서 서성대던 우울증이 그녀를 쓰러뜨렸다.

무도회에서 돌아와 앙리 제르벡스 1852–1929 프랑스, 1879

사랑의 기쁨은 주는 것에 있다. 아름다운 여자는 받는 것에 있다고 우긴다. 왜 그럴까? 세상을 바라보는 자기 시선은 없고 자기를 바라보는 타인의 시선만 있어 그렇다.

그런 삶은 타인의 시선이 멎는 순간 폐기물 상자 안에 버려지는 인형이 된다. 우리는 눈만 껌벅거리는 헝겊인형이 되려고 태어난 것이 아니다.

자기 인생을 살며 행복하기 위해서는 생명에 대한 경외감, 사물에 대한 이해심, 신비에 대한 감동을 지니고 있어야 한다.

아직도 백마 탄 왕자를 기다리는 미인박명 후보자들이 있다. 결혼을 외로움을 감추기 위한 분칠로 여기거나 뽐내기 위해 가슴에 다는 꽃으로 여긴다면 가짜 왕자를 만날 확률이 높다.

제발 백마 탄 왕자를 기다리는 어리석음에서 벗어나라며 마리사 피어가 〈나는 오늘도 나를 응원한다〉에서 말한다.

"당신은 그저 사랑하는 사람을 만나기 위해 태어난 것이 아니다. 자기 재능을 발견하여 그것을 펼치기 위해 태어난 것이다."

영원한 노스탤지어 '하얀 그리움'

사랑이란 하나의 우주적인 작용이다.
―마르틴 부버

베일 루이 호킨스 1849-1910 프랑스, 1890

많은 저술가들이 남자와 여자의 다름에 대해 말했다. 그중에서 한 구
절을 고르라면 주저 않고 아래 구절을 들겠다.

"남자와 여자는 영혼의 악기가 아름답고 힘찬 화음을 내는 데 없어서는 안 되는 두 요소다."

이 말을 한 주세페 마치니는 1805년 이탈리아에서 태어나 67세를 일기로 생을 마감하기까지 투옥과 망명을 거듭한 혁명가였다. 파란만장한 삶 속에서 남긴 저서 〈인간의 의무〉에서 그는 이렇게도 말했다.

"신(神) 앞에서는 남자나 여자가 있는 것이 아니라 다만 인간이 있을 뿐이다."

이야기 하나 망망대해를 떠다니는 영혼의 방랑자들

그렇다. 마치니의 말처럼 남자와 여자는 생명의 고귀함에서 동등하다. 뿌리와 가지의 소명은 '다름'이지만 생명에 대한 열망에서는 '같음'이다.

이 같음을 한마디로 표현하면 사랑에 대한 갈망이다. 이 갈망에 대해 생각하게 된 것은, 대학 졸업 무렵 친구가 들려준 형부 이야기에서 비롯되었다.

친구 언니의 아름다움은 마치 호수에 내린 달빛처럼 신비로웠다. 언니에게는 8년간 변함없이 사랑의 편지를 써 온 남자가 있었다. 드디어 결혼에 성공, 친구의 형부가 되었다. 외출 중인 언니를 기다리며 형부와 처제가 차를 마시고 있을 때였다.

모든 계절의 저물녘이 그러하지만 특히 가을 저물녘 풍경은 사람을 감성적으로 만드는 마법 같은 힘을 지니고 있다. 붉게 물든 창밖 풍경을 취한 듯 바라보던 형부가 마치 시를 읊듯 이야기를 풀어놓았다.

안개 낀 바다 위 방랑자 카스파르 프리드리히 1774–1840 독일

"나는 9년 전이나 지금이나 언니를 사랑하는 마음에는 변함이 없어. 하지만 가끔 일을 마치고 집으로 향할 때 지친 하루의 무게를 내려놓고 싶을 때가 있어. 그럴 때면 영혼이 위로받을 수 있는 이야길 나눌 수

있는 여자 친구가 있으면 좋겠다는 생각이 들어. 처제는 문학도니 이런 심정 이해할 것 같은데."

그 감성에 대해 형부가 덧붙인 말이었다.

"남자 특유의 감정이라 매도하지는 말아야 해. 누구나 형언할 수 없는 고독감이 몰려올 때면 일상의 무게를 내려놓을 시간이 필요하잖아. 그래야 비로소 영혼이 재충전되어 삶이 한결 풍요로워지니까."

나는 형부의 심정을 이해할 것 같았다. 내 뜻을 이해하지 못하는 친구의 시선과 마주쳤을 때 떠오른 생각이 '하얀 그리움'이었다.

하얀 그리움은 무채색의 백치(白痴) 같은 그리움이다. 반쪽에 대한 그리움, 그 이상의 감정이다.

영혼의 노스탤지어. 이 천형(天刑) 같은 노스탤지어가 이성(異性)이 아닌 다른 것으로 표현된 것이 음악 미술 시 등의 예술일 것이다. 어찌 남성만의 감정이랴. 인간은 모두 하얀 그리움을 가슴에 품고 망망대해를 떠도는 영혼의 방랑자인 것을.

이야기 둘 운명적인 사랑을 찾아

인생의 저물녘에 이 그리움에 대한 갈망으로 길을 나선 여인이 있다. 그녀는 남편과 사별 후 삼 남매 어머니로 부끄럽지 않게 살아왔다. 전문직에서 은퇴 후 한가해진 그녀는 갑자기 찾아온 적막감을 감당할 수가 없었다.

가슴에 차오르는 알 수 없는 그리움에 용기를 내어 재혼시장에 편지를 띄웠다. 이 사실을 자녀들에게 알리자 약속이나 한 듯 성토했다.

"왜 지금 와서야 그러세요."

구혼자 해리 윌슨 와트루스 1857-1940 미국, 1910

평소 엄마 사랑에 감사한다던 자녀들의 모습은 찾아볼 수 없었다. 자신들의 이해관계와 체면 등을 내세웠을 뿐이었다.

그녀는 자녀들이 이렇게 말하리라 기대했다.

"많이 외로웠군요. 미안해요."

만일 이렇게 말했다면 생각을 바꿨을지도 몰랐다. 순간 섭섭한 감정을 주체할 수 없어 반발심이 솟구쳐 선언했다.

"지금 내게는 마주앉아 차를 마시며 대화를 나눌 우정 같은 사랑이 필요해. 난 그럴 자격이 없는 거니?"

인생의 기쁨은 배울 수 있는 사람과 사귀는 것에 있다고 했다. 함께 숲길을 걸으며 산새 소리에 발길을 멈출 수 있다면 그 순간의 행복감을 무슨 말로 표현할 수 있으랴. 지금 그녀가 갈망하는 것이 바로 그런 만남이었다.

떠나는 그녀에게 존 브룸필드가 〈지식의 다른 길〉에서 한 말을 축하 선물로 전했다.

"생명이 꽃으로 피어나기 위해 만남이 필요하다."

이야기 마무리 봄비가 대지를 적시는 그곳에서

사랑은 만남을 통해 피어나는 꽃이다. 때문에 우리는 죽는 순간까지 만남을 갈망하는 열정을 포기해서는 안 된다.

나무 아래서 생각에 잠겨 아리스티드 마욜 1861-1944 프랑스

사랑은 생명을 자라게 하느라 툭툭 갈라진 플라타너스 껍질 사이로 속살이 드러나는 그런 아픔이다.

　사랑은 내어주고 내려놓고 죽기까지 해야 하는 아픔이다. 내가 아파야 그대 사랑이 꽃으로 피어나고 그대가 아파야 내 영혼이 잠에서 깨어나는 것. 이것이 사랑의 과정이다.

　풀잎이 자라듯 사랑도 자라야 한다. 풀잎이 자라는데 바람과 햇빛과 이슬이 필요하듯 사랑이 자라는 데는 자유가 필요하다.

　자유는 서로를 존중하는 마음이며 서로를 배려하는 마음이다. 두 사람 사이에 자유가 없는 사랑은 종이꽃 사랑이다.

　그대들 사랑이 아침마다 솟아오르는 태양처럼 변함없이 찬란하기를 원하는가?

　새벽이슬이 연잎에 구르고
　봄비가 대지를 적시는 그곳에

　키 큰 삼나무 두 그루
　하얀 그리움의 자유로
　마주보고 서 있어야 하리.

당당해서 아름다운 골드미스들에게

당신의 관심 영역을 최대한 넓혀라.
─버터란드 러셀

여인의 초상 에곤 실레 1890-1918 오스트리아, 1912

    골드미스란 결혼하지 않은 30세에서 40세 사이로 부모로부터 독립
한 전문직 여성을 말한다. 이들은 자기 일에 열정적이며 역동적으로 삶

을 즐기는 독신녀다. 골드미스들에게는 결혼 적령기라는 것이 없다. 그때가 언제일지 모르니 부모로부터 독립한다.

조선시대 일화가 떠오른다. 양반집 대감이 이른 아침 방문을 여니 과년(過年)한 딸이 단속곳 차림으로 뜰을 비질하고 있다. 누가 볼세라 나무라자 딸이 비질을 계속하며 대답한다.

"아버님, 제 나이가 얼마인데 누가 뭐라 하겠는지요."

까다롭게 사윗감을 고르는 아버지 때문에 노처녀가 된 딸의 시위 장면이다. 요즘 젊은이들은 상상도 못할 이야기다.

이야기 하나 어느 올드미스의 결혼 실패기

그녀는 엄마와 단둘이 살고 있는 전문직 여성이다. 이번에는 실수하지 않으리라 서둘러 청첩장까지 돌렸다. 결혼식을 앞두고 엄마가 쓰러졌다. 어머니를 병원에 두고는 결혼식을 올릴 수 없다며 펑펑 울었다.

그녀는 엄마의 병명을 알고 있었다. 엄마는 혼자가 되는 일이 두려워 실신한 것이다. 매번 이랬다. 이번 결혼도 파혼으로 끝났다. 이들 모녀의 경우 엄마의 집착도 문제지만 딸의 애착이 더 큰 문제임을 알 수 있다.

집착과 애착이 불행한 것은 자기는 없고 타자(他者)만 있는 것이다. 집착과 애착은 상대가 홀로 설 기회를 빼앗는 것에 다름 아니다. 이들 모녀처럼 집착하고 애착하다 함께 불행의 늪에 빠진 사람이 적지 않다. 스콧 펙이 〈아직도 가야 할 길〉에서 조언한다.

"단순히 꼭 잡고 놓지 않는 애착은 사랑이 아니다. 진정한 사랑은 애착을 넘어서는 것이다."

잃어버린 것에 대한 생각 제임스 벡위스 1852-1917 미국, 1908

이야기 둘 춤출 공간이 없으면 함께 무너진다

부부 사이도 지나치게 밀착된 삶을 계속하면 지친다. 이때 권태라는 이름의 불청객이 찾아와 두 사람 사이에 드러눕는다. 형제자매와 친구 사이도 마찬가지다. 헨리 나우엔의 처방이다.

"사랑이 가능하기 위해서는 두 사람 사이에 춤출 공간을 만들 수 있는 용기가 필요하다."

둘 사이에 춤출 공간 없이 올드미스가 된 자매가 있었다. 언니와 동생 모두 전문직 여성이다. 자상한 성품의 동생이 집안 살림을 도맡아 했다.

가면 쓴 무용수들의 등장 에드가 드가 1834-1917 프랑스, 1882

해외 의료봉사 팀에 합류하려는 꿈을 키워 온 동생에게 기회가 찾아
왔다. 비행기 표까지 예약한 다음 언니에게 알렸다. 미리 알리지 않은 데
에는 그만한 이유가 있었다. 예상한 대로 버려지는 아이처럼 펄펄 뛰었
다. 아침에 마시는 과일즙은 어떻게 만드는지, 세탁기는 어떻게 돌리는
지 살림살이에 대해 아는 것이 없었다.

둘 사이의 공간이란 독립된 자기 세계를 가지는 것을 의미한다. 함께
그리고 혼자 춤출 공간을 만드는 일은 이들 자매에게만 필요한 것이
아니다. 이별의 충격을 줄이기 위해 우리 모두에게 필요하다.

이야기 마무리 황금이 구리가 되는 것은 시간문제다
골드미스들은 '내 마음에 드는 남자를 내가 고르기'를 고집한다. 선

택되기도 어려운 일이었지만 선택하기는 더 어렵다.

　바람처럼 흘러가는 세월은 인정사정이 없다. 채권자처럼 냉정하고 단호한 세월이 그대를 저물녘 언덕에 내려놓고 달아날 것이다.

소다수　윌리엄 글래컨스 1870-1938 미국, 1935

눈치 빠른 마케팅 전문가들도 세월의 냉정함을 닮았다. 골드미스답게 문화생활을 즐기라며 부추긴다.

마케팅 전략을 등뒤에 숨긴 이들의 달콤한 유혹에 넘어가면 카드 빚쟁이가 되는 일은 시간문제다.

욕망은 만족을 모른다. 원하던 것을 손에 넣는 순간 또 다른 것에 대한 욕망이 고개를 쳐든다. 이처럼 만족을 모르는 욕망의 속성 때문에 그곳에 한번 발을 들여놓으면 벗어나기가 어렵다.

골드미스들은 목적 있는 삶을 살지 않으면 어느 순간 욕망의 시녀로 전락한다. 목적 있는 삶이란 자기가 선택한 삶에 긍지를 가지고 부단히 노력하는 삶이다.

네가 명품 가방을 드니 나도, 네가 고급차를 타니 나도. '나는'의 주체를 버리고 '나도'의 삶을 살면 황금값에서 구리값으로 떨어지는 일은 순식간에 일어난다.

인생 그루갈이, 황혼재혼에 성공하려면

사랑은 목표를 향해 항해하는 것이다.
―크리스토프 앙드레

결혼식 카지미르 말레비치 1878-1935 러시아, 1907

 황혼이혼이 늘어나면서 황혼재혼 또한 늘고 있다. 황혼재혼을 다른 말로 표현하면 '인생 그루갈이'다. 2013년 재혼통계에서 50대 이상 황혼재혼이 21.8%다. 30여 년 전의 열 배가 넘는 1만 2천여 건으로 늘어난 것이다. 탈무드에 이런 말이 있다.

"초혼은 하늘에 의해 맺어지고 재혼은 인간에 의해 맺어진다."

이야기 하나 마음을 비우자 잔이 흘러넘치다

방랑벽을 잠재우지 못한 남편이 떠났다. 꿈과 의무 사이에서 얼마나 오랜 세월 고민했을까? 그녀는 떠나는 남편의 뒷모습을 바라보며, 가없은 면에서 보면 버리는 쪽과 버려지는 쪽은 백지 한 장 차이라는 생각이 들었다.

풍성하게 선물하는 행운의 여신 피에르 미냐르 1612–1695 프랑스

그때 친정엄마가 사랑채를 개조해 한식집을 열면 손맛을 보태겠노라 했다. 깔끔한 한식 차림에 술 없는 점심만을 고집했다. 대학 재학 중인 큰아들이 소매를 걷고 어머니를 도왔다. 중견기업체 회장이 그들의 성실한 모습을 지켜보고 있었다.

그가 청혼했을 때 그녀는 거절했다. 오로지 두 아들 생각뿐이었다. 하지만 여자로서의 쓸쓸함이 왜 없었겠는가. 두 아들이 재혼을 권유했을 때 그녀가 한 말이다.

"그분 지위나 경제력에 대한 기대에서라면 꿈도 꾸지 마. 상대에게 무언가를 기대하는 만남은 불행하게 돼 있어."

그녀는 재혼일수록 마음이 따뜻한 사람이라야 함을 강조한다. 그 마음이 그녀의 재혼을 성공의 반열에 올려놓았다.

이야기 둘 조건 없는 만남, 아름다운 추억이 되다

초혼이 둘이서 추는 춤이라면 재혼은 백조의 군무에 해당한다. 초혼이 원색사진이라면 재혼은 흑백사진이다. 오래전에 잃어버렸던 추억의 사진 한 장을 찾은 그런 소중한 만남이라야 행복할 수 있다.

여기 그런 이야기의 주인공이 있다. 남편은 과거의 환상에 빠져 일생을 무위도식했다. 여자 한 몸에 시어머니 남편 세 자녀 등 다섯 식구를 앞세우고 무작정 상경, 소학교 옆에 문방구를 차렸다.

자녀들을 출가시키고 시어머니를 떠나보냈는데 뒤따라 남편도 떠났다. 경제적으로는 여유로웠지만 여자 특유의 고독감이 온몸을 휘감았다. 용기를 내어 결혼중개소에 편지를 띄우며 이색조건을 달았다.

"재혼이나 동거는 원치 않는다. 경제적인 도움도 필요 없다. 석양의 아름다움을 함께 바라볼 수 있는 말벗을 원한다."

공원에서 줄리우스 르블랑 스트워트 1855-1919 프랑스, 1882

인관관계에서 욕망을 버리면 삶이 풍요로워진다. 그녀는 오후 찻잔에서 흘러넘치는 향기 같은 친구를 만나고 싶었다.

기대하지 않고 띄운 편지였는데 동갑내기 말벗을 찾아주었다. 만남을 거듭하다 조건 없이 동거에 들어갔다. 함께한 5년이 꿈같이 흘러갔다. 그의 투병생활을 지키던 마지막 무렵, 자녀들이 병원을 옮긴 후 소식을 끊었다. 재산 문제가 개입되면 세상이 이렇게 비정하다.

그녀가 당시의 아픔을 담담하게 풀어놓는다.

"자녀들을 이해했어요. 나를 잘 몰랐으니까요. 이 나이에 무슨 재산 욕심을 내겠어요. 그랬다면 동거 전에 제 몫을 챙겼겠죠."

남편의 무심함에 결혼생활 내내 가슴 한 자락이 휑한 느낌이었는데 그를 만나 삶이 따뜻했다. 지금도 그를 생각하면 가슴이 따뜻해지니 이보다 더 큰 유산이 있겠느냐며 미소 짓는다. 회상에 젖은 그녀 눈빛이 마치 그분과 마주앉아 이야기를 나누는 듯하다.

소박한 마음으로 하여 그녀의 재혼은 여행지에서 찍은 한 장의 사진처럼 오래 간직하고 싶은 추억이 되었다.

이야기 마무리 이 시대가 원한다, 당당한 여자를

황혼재혼에 실패하는 경우도 있다. 그녀는 자기 미모에 도취되어 가진 것 모두 탕진한 이혼녀. 이제 그녀가 기댈 곳은 재혼뿐이다. 시간은 흘러가는데 재혼시장 소식이 감감이다. 화려하게 살아온 과거가 오히려 걸림돌이 된 것이다.

연약하고 다소곳한 여자가 매력이던 시대는 지났다. 재혼에 성공하려면 시대를 꿰뚫어보는 혜안(慧眼)이 필요하다. 이 시대가 당당한 여자를 원한다.

여자의 당당함은
능력의 아름다움이며 삶에 대한 열정이다.

여자의 당당함은
자존감의 아름다움이며 인생 창조의 춤이다.

황혼이혼,
시대의 아픔과 자유의 갈망을 넘어

사랑이 끝난 것이지 인생이 끝난 것이 아니다.
—배르벨 바르데츠키

이침 식사 윌리엄 팩스턴 1808-1941 미국, 1911

황혼이혼이란 은퇴 시기를 맞은 베이비부머(babyboomer)들의 이혼을 두
고 하는 말이다. 베이비붐 세대란 전쟁이나 심한 불경기를 겪은 후 사회

가 경제적으로 안정된 시기에 태어난 세대를 말한다.

우리나라는 육이오전쟁이 끝난 1955년부터 베트남전쟁 참전 전까지인 1963년 사이에 태어난 사람들이다.

이혼에 대한 2013년 통계다. 세태를 반영하듯 황혼이혼이 1위다. 결혼한 지 4년을 넘기지 않은 신혼이혼이 24.7%인데, 황혼이혼이 전체 이혼에서 26.4%, 3만 2천 건에 이른다.

이야기 하나 이유 있는 반란, 그녀가 황혼이혼을 고집하다

나리타공항의 이별. 한때 일본에서 유행한 말이다. 결혼을 숙명으로 여겨 온 일본 여자들이 막내가 신혼여행을 떠나는 나리타공항에서 '잘다녀오라'며 흔드는 손에 법원에 제출할 이혼서류가 들려 있다는 이야기다. 그들의 선언이다.

"엄마 임무는 끝났다. 나도 인간답게 살고 싶다. 아내의 이름으로 견뎌 온 것이 아니라 엄마의 의무감으로 버텨 온 것이다."

요하네스 브란첸이 〈고통이라는 걸림돌〉에서 그녀들의 심정을 대변하고 있다.

"자유 없는 사랑은 생명 없는 쇠붙이와 다름없다."

황혼이혼을 고집하는 우리나라 여인들의 사연은 나리타공항의 이별과는 다르다.

이즈음 우리나라의 황혼이혼에는 숨죽인 채 살아온 조강지처들의 반란이 포함되어 있을 것이다. 여기 물러나지 않고 황혼이혼장에 도장을 받아 낸 여인이 있다.

사랑의 배신 존 스탠호프 1829~1908 영국

    그녀는 남매를 결혼시킨 후 풍족하게 여생을 즐기고 있었다. 그런 그
녀 앞에 가족을 버리고 떠났던 남편이 나타났다. 흐르는 세월에 떠내려
간 것으로 알았던 그녀의 상처가 쏟아져 나왔다. 그런데 어이없게도 호

적상 남편이다. 자녀를 위해 호적을 정리하지 않은 것이 화근(禍根)이 되
리라고는 상상도 못했다.

"아들이 아버지를 받아들이자며 졸랐지만 저는 단호했어요."

가족을 떠나 지낸 세월 동안 무슨 짓을 저질렀는지 모른다는 생각에
서였다. 그녀 예감이 적중했다. 사업에 실패, 빚쟁이에 몰리자 동거녀 자
녀로부터 쫓겨나 갈 곳이 없었다.

이야기 둘 첫사랑에 대한 연민, 후회 없는 선택이었나?

미주리대학 심리연구소에 따르면 "트위터나 페이스북 등을 많이 쓰
면 불륜이나 이혼 가능성이 높다"고 한다. 우리나라는 여기에 더하여
동창 모임을 통한 불륜 이야기도 들려온다.

대학 졸업과 동시에 결혼한 그녀는 시집의 재력과 성실한 남편으로
삶이 평탄했다. 시부모는 그녀에게 며느리 딸 비서 역할까지를 원했다.
부잣집 외며느리 몫이려니 여겨 감수했다.

앞만 보고 달려온 그녀가 친구에 끌려 참석한 동창 모임에서 잊고 지
낸 첫사랑을 만났다. 그날 후 그녀는 자신의 결혼생활이 어릿광대 삶으
로 여겨졌다. 억눌려 온 감성이 첫사랑을 만나 자유를 원했던 것이다.

늦가을 바람이 불면 여자의 감성은 살아온 세월을 뒤돌아보며 어딘
가로 떠나고 싶어진다. 인생이 허무하게 느껴져 "내 삶에 나란 존재가
있기나 했던가?"를 묻게 된다. 이에 이르면 고층아파트 삶이 비에 젖은
코트처럼 거추장스럽게 느껴진다.

그때 그녀가 그랬다. 첫사랑 남자는 사업에 실패한 이혼남이었다. 연
민을 주체할 길 없어 이혼을 결심한다. 더 이상 시부모의 시녀로 살 수
없다는 이혼 사유를 이상하게 여긴 남편의 추적으로 불륜이 드러나 위

자료를 포기했다.

고달프고 적막하고 빈손인 그녀가 안타까워 친구들이 물었다.

"첫사랑에 대한 환상이나 연민은 아니었니? 자녀를 버릴 만큼 절실한 사랑이었니?"

인간의 감정은 미묘하다. 억눌려 온 감정이 폭발하면 걷잡을 수 없다. 도널드 월쉬가 〈신과 나눈 이야기〉에서 한 말을 들으면 친구들이 그녀를 이해할 수 있을까?

> "그것이 어떤 종류의 억압이든 영혼은 억압에 반발하기 마련이다. 바로 이것이 한 남자가 자기 부인을 떠나거나 한 여자가 갑자기 자기 남편을 떠나는 반란의 요인들이다."

호수에서 주세페 니티스 1846-1884 이탈리아

이야기 마무리 세상에 단 한 권인 그대들의 서사시를 위해

열매가 맺히기 위해서는 꽃이 떨어져야 한다. 지는 것이 이기는 것이고, 죽는 것이 사는 것이라는 뜻이다. 황혼이혼을 고집하는 여성들의 반발이 거세다.

"왜 우리가 누구를 위해 떨어지고 죽어야 하나요?"

그들의 항의에 대한 답이 되었으면 한다.

"그대에게 수만 송이 꽃을 피울 능력이 있다 한들, 사랑을 쏟아부을 꽃밭이 없다면 무슨 소용이겠는가? 사랑은 이마에 흐르는 땀을 씻어주는 여름날 선들바람 같은 것이며, 이른 새벽 초원의 목마름을 적셔주는 감로수 같은 것 아니던가."

결혼은 두 사람이 쓰는 서사시다. 이 세상에 똑같은 내용은 없다. 단한 권뿐이기에 더없이 소중하다. 황혼이혼은 세상에 한 권뿐인 그대의 서사시에 마침표를 찍기 직전에 불타는 벽난로에 원고 뭉치를 던지는 것과 같다. 그래서 안타깝고 슬픈 것이다.

어느 작가는 한 권의 소설을 완성하기까지 백 번을 고쳐 썼다고 했다. 결혼도 지우고 고쳐 쓰는 소설 쓰기와 무엇이 다르겠는가. 프랑스 전기 작가 앙드레 모루아가 말했다.

"성공적인 결혼이란 매일 개축(改築)해야 하는 건물과 같은 것이다."

물은 사람에게 좋은 것이다.
물이 없이는 우리는 살 수 없다.
하지만 한 번에 한 양동이의 물을 마시면 어떻게 되는가?
─베어 하트

4. 경제

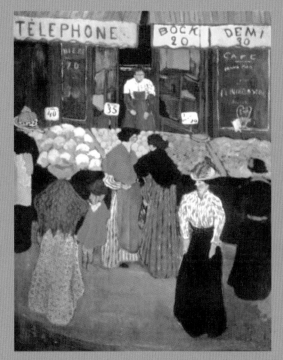

상점에서 펠리스 발로통 1865~1925 스위스

복지제도는 빛 좋은 개살구다

부패가 있다면 우리가 좋지 않은 상전을 뽑았기 때문이다.
―업텐 싱클레어

뭐야? 헨리 스테이시 마크스 1829-1898 영국, 1872

　매스컴이 시끄럽다. 선거철을 맞아 몰려다니는 철새들 때문이다. 이
나라를 지상낙원으로 만들겠다는데 왜 헛소리로 들릴까. 어제는 청군
완장을 차고 있더니 오늘은 홍군 깃발을 흔드니 믿을 수가 없다. 그런

데도 "뭐야?"라며 귀를 기울여야 한다. 우리 행복이 저들 손에 달려 있어 그렇다. 토마스 모어가 한 말이 생각난다.

> "나는 도처에서 사회복지라는 이름하에 자신만의 이익을 좇아 가난한 사람들을 착취하는 부자들의 음모를 보고 있다."

이야기 하나 여자의 복지, 자기 책임이다

그녀가 외아들을 신주(神主) 모시듯 하자 내가 조언을 아끼지 않았다. 그때마다 돌아온 대답이었다.

"내 노년의 보증수표잖아!"

증권사에 취직한 아들이 일확천금을 꿈꾸자 주위 사람들이 눈살을 찌푸렸지만 엄마인 그녀만 몰랐다. 그러던 어느 날 주가조작에 가담한 것이 들통나 실직에 파산자가 되었다. 엄마 집까지 담보로 투자해 시골 문간방 신세가 되게 했다.

외아들을 둔 같은 조건이었지만 그녀와는 반대의 길로 간 여인도 있다. 유학을 떠난 외아들이 현지 여자와 동거하면서 귀국할 생각을 접었다. 충격으로 몇 밤을 밝혔는데, 손자가 태어나자 남편이 돈을 보내기 시작했다. 이를 지켜보던 그녀가 나섰다.

"일어설 사람은 안 줘도 일어서고 주저앉을 사람은 줘도 주저앉으니 멈추라고 했지요. 덕분에 아들도 스스로 일어섰고 우리도 노후 걱정 안 하고 지내요."

앙드레 모루아가 말했다.

> "정원사의 천국은 정원이며 목수의 천국은 일터다."

가을의 후회 존 앳킨스 그림쇼 1836~1893 영국, 1882

이야기 둘 황금지팡이, 그녀는 왜 지키지 못했나?

100세 시대다. 은퇴 후 40여 년을 어디서 무얼 하며 지낼 것인가? 이 문제도 중요하지만 가진 것을 지키는 법을 익히는 일 또한 그에 못지않게 중요하다.

이 일에 무심한 여인이 있었다. 재테크란 무슨 말인지 알 필요가 없었다. 남편이 경제를 도맡아 있어 편했다. 유언 한마디 없이 남편이 갑자기 떠났다. 크고 작은 황금지팡이가 있었지만 지키는 방법을 몰라 아들에게 넘겨야 했다.

아무리 의좋은 남매도 돈 앞에서는 반목하게 되어 있다. 딸이 쏟아 낸 불평이다.

"왜 엄마 몫을 몽땅 오빠 손에 넘겼어요?"

여자니까 경제문제는 몰라도 된다는 생각으로 살면 이렇게 된다. 뒤늦게 이를 실감한 그녀의 자책이다.

"어쩌자고 경제에 무심했단 말인지. 후회스럽네요."

정부를 믿는다고? 복지제도는 감언이설이다. 특히 여자에게는 '빛 좋은 개살구의 유혹'이다. 복지가 집 나간 아들을 찾아 준 적이 있었던가? 복지가 허송세월을 되돌려 준 적이 있었던가?

이야기 마무리 누가 고양이 목에 방울을 달 것인가

100세 시대인데 65세는 노인이 아니라고 말하면 누리고 있는 기득권을 빼앗기지 않으려 노발대발할 것이다. 때문에 지금 우리에게는 고양이 목에 방울을 달 사람이 필요하다. 노인의 자존감을 깨워 책임 인생을 살아야 한다고 설득할 소크라테스가 필요한 것이다.

쾌락의 팔에서 알키비아데스를 끌어내는 소크라테스 장 밥티스트 르뇨 1754–1829 프랑스, 1791

소크라테스에게는 알키비아데스라는 제자가 있었다. 귀족 출신인 그는 미남에다 뛰어난 웅변가요, 아테네의 용장이었다. 그런 알키비아데스가 젊은 시절 주색잡기에 빠진 적이 있었다. 그의 방종이 하늘을 찌를 듯했지만 감히 아무도 나서지 못했다. 그때 소크라테스가 사창굴로 들어가 그를 끌어낸 것이다.

한때 복지 천국으로 불렸던 나라들이 보편복지에서 선별복지로 돌아서고 있다. 노르웨이도 높은 생산성만이 복지를 창출할 수 있다며 일하지 않는 사람의 복지비를 깎는 정책으로 돌아서고 있다.

보편복지는 무모한 정치인의 음모다. 바구니에 빵 열 개를 가진 사람과 나흘을 굶은 사람에게 똑같이 빵 한 개를 던지며 "이거나 먹고 입 닫아!"라는 것과 무엇이 다르겠는가.

'누구에게나 똑같이!'

이 말은 정치인의 음모다. 이를 알릴 우리들의 소크라테스는 어디쯤 오고 있는가?

그대 인생의 키잡이는 누구인가

소원의 반을 이루면 걱정은 배로 늘어난다.
―벤저민 프랭클린

출항 존 헨리 베이컨 1839–1912 미국, 1879

인생은 행복이라는 이름의 섬을 찾아 항해하는 것과 같다. 항해 중
풍랑을 만나면 여자라도 서둘러 조타실로 내려가 허둥대는 키잡이를

밀어내고 재빨리 항로를 바로잡아야 한다. 그럴 수 있으려면 항해술의 기본은 익혀 두어야 한다.

남편 자식 기업 국가. 그들도 우왕좌왕할 때가 있다. '나는 여자이니까'라는 생각으로 그들에게 조타실을 맡기면 풍랑에 흔들리는 뱃전을 잡고 그대 노년이 우왕좌왕하게 된다.

이야기 하나 꼼수 부리다 자기 발등 찍은 여인

서울시청광장에서 50대 여성이 2천 5백여 만 원의 지폐를 뿌린 사건이 있었다. 그녀가 경찰 조사에서 한 진술이다.

"남편과 자식들이 내 돈을 빼앗으려 해 화가 나서 그랬다."

이 기사를 읽으며 많은 여성들이 궁금했을 것이다. 남편과 자녀들은 왜 필사적으로 움켜쥔 그녀 돈을 빼앗으려 했을까? 만일에 대비해 항해술을 익힌 적이 없었던 여인. 그녀가 장롱 깊이 현금을 묻어 두자 남편과 자녀들이 안타까웠을 것이다.

이와는 대조적인 여인이 있다. 꼼수를 부리다 꼼수에 발등 찍혀 눈물 젖은 노년을 보내고 있는 여인 이야기다.

2008년, 기초노령연금 지급이 발표되자 자기 이름의 동산과 부동산을 아들 앞으로 넘기는 작업에 들어갔노라 자랑했다. 당시 매달 받게 될 8만여 원의 돈에 눈이 어두워 그랬다.

한마디 의논도 없이 손자 손녀를 유학 보낸 아들네가 그녀 집으로 쳐들어왔다. 자기 집을 아들에게 넘겼으니 하루아침에 얹혀사는 신세가 된 것이다. 지금 그녀는 기러기아빠가 된 아들 뒷바라지로 허리가 굽은 칠순 중반의 할머니가 되었다.

요즘 들어 기초연금 액수가 올라서인지 금융자산을 자녀들 계좌로 돌

새를 잃고 샤를 조슈아 샤플랭 1825-1891 프랑스

리는 여인들 소식이 심심찮게 들린다. 이 소식에 놀란 그녀가 자기처럼 어리석은 짓을 하지 말라며 그리스 철학자 플루타르코스의 말을 전한다.

"가난 자체는 수치스러운 것이 아니다. 단, 어리석음 그리고 게으름 방종 사치에서 비롯된 가난은 수치스러운 것이다."

이야기 둘 벨리사리우스의 노년, 남의 이야기가 아니다

금빛 날개를 펄럭이며 끝없이 솟아오르던 인사들의 추락 소식으로 오늘도 신문 지면이 어지럽다.

이들 소식에 이어 비잔틴제국 유스티니아누스 황제시대 전쟁의 신으로 불렸던 벨리사리우스(Flavius Belisarius, 505~565)의 모습이 떠오른다.

벨리사리우스의 말년은 비참했다. 반역에 연루되어 두 눈을 뽑히는 형벌을 받아 거리에서 구걸하며 지냈다는 이야기가 있다. 그런가 하면, 상상으로 쓴 소설이라며 얼굴을 붉히는 사가(史家)도 있다.

어쨌든 황제를 축출하려는 음모에 가담한 죄로 지위와 재산을 빼앗

구걸하는 벨리사리우스 자크 루이 다비드 1748-1825 프랑스, 1781

잃어버린 배 어킨스 니콜 1825-1904 스코틀랜드, 1877

긴 적이 있었으며 훗날 누명을 벗고 명예를 회복했다니 허무맹랑한 소
설만은 아닌 것 같다.

벨리사리우스 옆에는 그의 행적을 기록한 역사가 프로코피우스가 있
었다. 그가 차마 정사(正史)에는 기록할 수 없어 따로 적어 둔 것이 그의
사후 발견된 〈비사(秘史, The Secret History)〉다. 거기에는 충격적인 내용이 많
다. 이런 기록도 있다.

"벨리사리우스는 아내 안토니나에 대한 사랑에 눈이 멀어 전쟁터까지
데리고 다녔으며, 아내가 바람 피우는 사실을 알면서도 버리지 못한 남
편이었다."

벨리사리우스 아내와 같은 여인은 지금 이 시대 우리 곁에도 있다. 벨
리사리우스 아내와 겨루면 누가 한 수 위일까?

'움직이는 명품'. 친구들이 그녀에게 붙인 이름이다. 그녀는 명품을 휘
감고 다녔는데 실제로 뽐내고 다닐 만큼 부자였다.

사업가 남편이 엄청난 재산을 남기고 떠났다. 돈은 냉정하다. 버는 일
도 어렵지만 지키는 일은 더 어렵다. 세상 이치를 통찰하는 지혜가 없으
면 그녀처럼 유혹을 뿌리치지 못해 하루아침에 빈손 신세가 된다.

이야기 마무리 잃은 것을 두고 목놓아 울지 않으려면

어려운 쪽 길을 택해 가정을 지킨 여인 이야기다. 위험을 경고하는 검
진 결과를 받아든 남편이 인정할 수 없다며 물러서지 않았다. 그때 그
녀가 설득에 나섰다.

호물주전자를 든 여인 알렉산데르 기에림스키 1850-1901 폴란드

"고향으로 내려가 제가 아버님 과수원 일을 배울 테니 일 년 쉬면서 건강을 되찾도록 해요. 시골에서의 유년 생활은 아이들에게도 아름다운 추억이 될 거예요."

도시에서 태어나 부유하게 자란 아내가 이런 말을 하다니! 감동한 남편이 가족의 항해일지를 아내에게 넘겼다. 건강을 회복한 남편에게 조타실을 넘긴 그녀는 지금, 서울과 시골을 오가며 묵혀 둔 산자락을 개발하여 미술치료캠프장을 열겠노라며 구슬땀을 흘리고 있다.

"미래는 약한 자에게는 도달할 수 없는 곳, 두려워하는 자에게는 알려지지 않은 곳, 용감한 자에게는 기회의 땅이다."

프랑스 낭만파 시인 빅토르 위고가 한 말이다. 가족을 지키기 위해 두려움 없이 낯선 이름의 미래로 뛰어든 여인. 우리 시대의 희망이다.
인생 선배들이 들려주는 금언이다.

노탐은 노년의 눈물이 된다.
허영은 반드시 대가를 치르게 되어 있다.
오늘 걷지 않으면 내일은 뛰어야 한다.
아무리 안전해 보여도 가진 계란을 한 바구니에 담지 말라.

조급증, 얻는 것보다 잃는 것이 더 많다

그대에게 가장 필요한 것은 욕망을 버리는 일이다.
─앙리 프레데릭 아미엘

부상당한 천사 후고 짐베르크 1873-1917 핀란드, 1903

인생은 장거리 여정인데 조급증은 장거리 선수에게는 약이 아니라 독이다. 대부분의 경우 여자의 조급증은 질투에서 오는 과시욕, 경쟁심 등이 원인인 경우가 많다.

이런 조급증까지를 '빨리 문화'의 한국인 특성이라 하기는 왠지 께름 칙하다. 맹자의 진단이다.

"시기와 질투는 언제나 남을 쏘려다가 자신을 쏜다."

이야기 하나 분수에 넘치는 꿈을 꾸다 파산하다

경쟁심에 눈이 멀어 질투의 화살을 쏘아올린 여인이 있었다. 그녀는 품위와 교양을 갖춘 패션계의 중견 인사였다. 그녀답지 않게 어느 날 거액의 '계모임'을 조직하더니 계를 탄 사람 돈을 맡기 시작했다. 그 돈으로 큰 덩어리 땅을 계약한 후 분할, 중도금을 치기도 전에 곱절 이상을 받고 되파는 일에 빠져 시골을 누비고 다녔다.

유행에 민감하여 재고가 쌓이는 패션계에 비하면 땅 짚고 헤엄치는 일이었다. 한눈파는 사이에 그녀 브랜드는 시대의 흐름에서 뒤처졌다. 그동안 작업을 함께해 온 중개인을 믿고 전권을 맡긴 후 본업으로 돌아왔다.

얼마 후 철석같이 믿었던 중개인이 그녀 이름으로 계약된 땅을 몽땅 팔아 종적을 감췄다. 이 일로 패션계에 쌓아올린 공든 탑이 한순간에 무너졌다. 자기가 쏘아올린 허황된 화살이 부메랑이 되어 그녀를 쓰러뜨린 것이다.

채권자들을 피해 외국으로 야반도주한 지 10년이 지난 후에야 돌아올 수 있었다. 돌아온 그녀 모습은 초췌했다.

희망이 없는 인생은 불행하다. 하지만 자기 능력을 벗어난 꿈이라면 꾸지 않음만도 못하다. 누구는 청담동에 빌딩을 올렸는데, 누구는 백화점에 입점했는데… 그녀는 조급했다.

으쓱거리는 여인 존 콜리어 1850~1935 영국, 1910

이야기 둘 과시욕으로 날린 황금손수건

'부동산 사모님'이라 불린 여인이 있었다. 배밭이 압구정으로 변하던 시절, 분당과 일산이 신도시로 개발되던 시절, 성냥갑 같은 아파트들이 우후죽순처럼 솟아나던 시절이었다.

그리스 신화에 나오는 미다스왕의 손처럼 그녀가 잡은 부동산마다 황금이 되었다. 경제적으로 믿는 구석이 있으면 일어나는 일이다. 남편이 사표를 던진 것이다. 컴맹 세대라 버티기가 힘들어서 그랬다.

스트레스에서 해방된 남편의 행복은 3개월이 지나자 무료함으로 변해 갔다. 그때 친구가 솔깃한 정보를 들고 찾아왔다. 어느 중소기업이 자회사를 차리는데 사장을 물색 중이라는 것이다.

그런 일에는 위험이 따른다며 남편이 거절했지만 포기할 그녀가 아니었다.

"소개하는 친구는 믿을 만해요, 애들이 결혼할 나이잖아요. 아버지가 사장인지 실직자인지는 하늘과 땅 차이에요. 애들의 앞날을 생각해서라도 이 기회를 놓치지 말아야 해요."

그녀가 끈질기게 졸라 대자 남편도 더 이상 버틸 수가 없었다. 과시욕은 남들 앞에서 뽐내려는 심리에 뿌리를 둔 것인데 뽐내기 좋아하는 그녀가 절호의 기회를 놓칠 리 없었다. 드디어 그녀 뜻대로 남편이 사장이 되었다. 기사 딸린 승용차, 부러워하는 시선들. 그녀는 사장 사모님으로 행복했다.

그 행복은 오래가지 못했다. 자금 조달을 위해 설립한 돌려막기용 자회사였던 것과 무늬용 사장이라는 사실을 알았을 때는 이미 늦었다. 손쓸 사이도 없이 남편 이름의 부동산이 채권자들 손에 넘어가자 그녀의 황금손수건도 함께 바람에 날아갔다. 〈부유한 노예〉의 저자 로버트 라이시의 말이다.

"가장 위험한 적은 돈이나 소유물이 아니라 탐욕이라는 데 주목하자. 이는 부자나 가난한 사람 모두에게 악이 될 수 있다."

가건물 위의 춤 닐스 다르델 1888~1943 스웨덴, 1922

이야기 마무리 '티끌 모아 태산'의 마음이 필요하다

　여자들의 조급증은 대개 가장 가까운 친척 친구 이웃을 경쟁자로 여기는 데서 시작된다. 아무개 남편은, 아무개 아들은, 아무개 시집은…

자기 인생은 어디로 가고 왜 아무 소용도 없는 아무개뿐인가.

소명이 없는 인생은 없다. 분식집에서 김밥을 마는 여인이든, 원양어선 선원이든 각자에게 주어진 소명에 충실할 때 삶은 아름답다. 남의 지배나 지휘 아래 얽매이는 삶일 때는 당당히 맞서야 한다며 자유의 사상가로 불린 스피노자가 한 말이다.

"사람들이 이 세상에서 가장 얻고 싶어 하고 좋은 것이라 여기는 것은 재물과 명예와 즐거움이다. 이 세 가지는 우리 정신이 참된 것을 발견하지 못하도록 방해한다."

과수원에서 바느질하는 여인 에드먼드 타벨 1862-1938 미국

오로지 삶의 목적을 재물과 명예와 즐거움을 얻는 일에 둔다면 스피노자 말이 맞다. 하지만 친구와 찻집에 앉아 우정을 나눌 수 없을 정도로 가난하다면 행복할 수 없다. 한 편의 영화를 보며 감동하는 즐거움마저 포기해야 한다면 행복할 수 없다.

건전한 정신과 맑은 영혼이 지닌 소박한 재물과 소소한 즐거움이라면 소시민의 행복을 누리는데 보탬이 되었으면 되었지 방해가 되지는 않는다.

소시민의 명예는 정의감에 있다. 소시민이 정의감을 잃으면 그 사회는 부자의 천국이 된다. 부자들로부터 소시민의 천국을 지키기 위해 필요한 것이 티끌 모아 태산을 이루는 정신이다.

그 정신은 남의 것을 탐하지 않는 소박한 마음이다. 그 정신은 우주의 소리에 귀기울이는 넉넉한 마음이다. 그 마음은 조급한 마음이 아니라 밭 갈고 씨 뿌리는 느긋함이다.

티끌 모아 태산을 이루는 정신은
계곡에 피어오르는 아침 안개
삶의 아름다운 춤이다.

티끌 모아 태산을 이루는 정신은
가을 숲에 내리는 감로수
열매 익기를 기다리는 영혼의 노래다.

현명한 주부는 예비비를 준비한다

멋진 후퇴는 대담한 공격만큼의 가치가 있다.
―그라시안

사과 마이런 발로우 1873-1937 미국, 1914

꽃이 만발한 뜰에 회오리바람이 부는가 하면, 맑은 하늘에서 갑자기
소나기가 쏟아지기도 한다. 날씨처럼 인생도 예측이 어렵다. 때문에 재
난이 닥칠 때를 위한 예비비(豫備費)는 정부에만 필요한 것이 아니다. 가

족의 살림을 맡은 주부에게도 필요하다.

"어느 가정이든 생활비 6개월분을 예치해 두어야 한다. 갑자기 큰돈이 필요한 일은 언제든 일어날 수 있다. 예측할 수 없는 것이 삶이기 때문이다."

경제학과 교수가 예비비의 중요성을 강조한 강의 내용이다. 마이너스 통장으로 버티는 오늘의 주부들에게는 부아를 돋우는 말이 될 수도 있다. 하지만 아무리 어려운 살림이라도 손가락 사이로 빠져나가는 모래알 같은 낭비는 있기 마련이다. 그러니 어느 부분이 모래알인지 점검하기 위해 절제 정신이 필요하다.

절제는 중용의 삶이다. 절제는 기도의 삶이다. 〈깨달음의 지혜〉에서 제임스 앨런이 절제에 대해 내린 정의다.

"자기 절제는 바로 힘이다."

이야기 하나 가짜 보석이 진짜 보석처럼 빛날 때

사업가 아내로 가슴 졸이며 지내온 엄마라면 딸에게 자기가 겪은 삶을 살게 하고 싶지 않다. 그래서 공무원을 사윗감으로 점찍은 엄마가 있었다.

시간은 흘러가는데 계속 사업가 사윗감만 나온다. 사업가 사위를 보게 된 엄마의 당부다.

"매달 생활비에서 10% 이상을 저축해라. 꼭 명심해야 한다."

그녀는 엄마의 당부를 가슴에 새겼다. 결혼기념, 출산기념, 생일기념 등의 명목으로 남편이 봉투를 내밀 때마다 그 돈으로 마련했노라며 보석함을 열어 보았다.

진주목걸이 장 프랑수아 포타엘 1818–1895 벨기에

어느 날 회사에 비상벨이 울렸다. 시동생이 친구 말을 믿고 회사 자금을 투자한 것이 뜬구름이 되어 사라졌다. 남편의 충격이 컸다. 재기할 여력을 잃은 남편에게 며칠 후 그녀가 통장을 내밀었다. 사채를 얻어 온 줄 알고 남편이 화를 내자 그제야 실토했다.

"보석이란 살 때는 제값 주고 사야 하지만 팔 때는 손해 보고 팔아야 한다며 엄마가 말렸어요. 생활비에서 절약한 돈과 보석 살 돈을 언제든 현금으로 찾을 수 있는 종목에 투자해 왔어요. 금고의 보석들은 모두 몇 만 원짜리예요."

그녀가 내민 통장에 용기를 얻은 남편이 거래처 도움과 신용대출로 회사를 살렸다. 보석은 여자에게 있어 부의 상징이고 자존심의 꽃이다. 어느 여인이 진짜 보석을 갖고 싶지 않겠는가. 하지만 그녀의 가짜 보석은 진짜 보석 이상으로 빛났다. 〈법구경〉 구절이다.

"젊어서 재물을 쌓아 두지 못하면 고기 없는 못을 지키는 늙은 따오
기처럼 쓸쓸히 죽어 간다."

이야기 둘 강물에 떠내려가는 모자는 건질 수 없다

우리는 자주 도박중독, 마약중독, 알코올중독 등으로 패가망신하는 사람들의 이야기를 듣는다. 그들만이 중독자이겠는가. 머리맡에 읽을 책이 없으면 불안한 내 친구도 중독자다. 아무리 좋은 중독도 지나치면 해롭다. 몸과 마음에 피로를 누적시키기 때문이다.

그녀는 놀이중독에 빠져 있었다. 그제는 뱃놀이, 어제는 산사에 소풍을 다녀왔다더니 내일은 이웃나라에 쇼핑을 간단다.

머리가 어지러워 그녀 꽃놀이 이야기를 들어주는 일에서 한발 물러섰다. 그런지 몇 년 후 추적추적 비 내리는 가을날 비보가 날아왔다. 회사가 부도 직전이자 수습할 길을 찾아 뛰어다니던 남편이 과로로 쓰러진 것이다. 쓸쓸히 떠나는 영구차를 바라보노라니 잊고 지낸 유대 격언이 떠올랐다.

"은화는 둥글다. 굴러오는가 싶으면 저쪽으로 굴러가 버린다."

사면을 탄원하다 프레더릭 앙리 쇼팽 1804–1880 프랑스, 1842

은화만 굴러간 것이 아니었다. 그녀 옆에는 아무도 없었다. 남편이 떠나자 몇 달을 버틸 생활비조차 없었다. 얼마나 무모한 꽃놀이였던가.

오늘도 그녀가 탄식하고 탄원하고 무릎 꿇어 빌지만, 그녀가 엎지른 물이 땅으로 스며든 후라 퍼 담아 줄 방법이 없다.

아무리 부르짖어도 떠난 기차는 돌아오지 않는다. 아무리 달음질쳐도 물살에 떠내려가는 모자는 건질 수 없다. 우리는 미련하게도 기차가 산모퉁이를 돌아설 때야 이 사실을 깨닫는다.

이야기 마무리 가을 곳간이 풍성하려면

하나를 가지고도 열을 가진 듯 뽐내는 사람이 있는가 하면, 열을 가지고도 덤덤한 표정을 짓는 사람도 있다.

욕망을 다스리지 못하면 과소비에 빠지게 된다. 분수에 넘치는 과소비는 미끄럼틀에서 굴러떨어지는 것에 비유할 수 있다. 모래밭에 떨어지면 그나마도 다행이지만 자갈밭에 떨어지면 중상을 입는다.

우리는 왜 인생이 퍼렇게 멍들 것을 알면서도 중독에서 벗어나기가 어려울까? 우리는 왜 쪽박 인생이 될 것을 알면서도 낭비의 유혹에서 벗어나지 못할까? 우리는 왜 뱁새가 황새 흉내를 내면 만신창이가 되어 추락할 것을 알면서도 타인의 삶을 좇을까?

낙농장 여인, 아침, 햇빛 카미유 피사로 1830-1903 프랑스, 1887

남의 삶을 힐끔거리지 않고, 도를 넘지 않는 선에서 하루하루를 절제정신으로 지내면 내일을 걱정하지 않아도 되리라. 누가 한 말이던가? 절제에 대해 내린 아름다운 정의(定意)다.

"절제는 모든 미덕의 진주 고리를 이어 주는 비단 실이다."

찬 이슬에 젖어 이랑을 짓고
새벽안개를 누비며 씨앗을 뿌리면

구름의 흐름에서 비 소식을 읽고
바람 소리에서 천둥을 예감하면

책갈피에서 지혜를 건져 올리고
새싹에서 생명의 신비를 느끼면

늦은 밤 주점에서 길을 잃지 않으면
모든 날들이 다사로운 봄날이리.

삶을 사는 방식에는 오직 두 가지가 있다.
하나는 모든 것을 기적이라고 믿는 것이고
다른 하나는 기적은 없다고 믿는 것이다.

─아인슈타인

5. 지혜

재물보다 사랑을 피에르 프뤼동 1758~1823 프랑스

말(言辭), 함부로 휘두르면 자기가 다친다

어떠한 충고일지라도 길게 말하지 말라.
— 호라티우스

활 쏘는 여자 찰스 에드워드 할레 1846-1914 영국

이탈리아 파비아대학 연구진의 결론이다. 여성들이 뒷담화를 즐기면 뇌에서 옥시토신 호르몬의 분비가 많아진다는 것.

옥시토신은 스트레스 호르몬의 분비를 억제시키는 신경조절물질이다. 여자들이 남을 헐뜯는 뒷담화를 즐기는 것은 옥시토신을 얻기 위한 무의식적 행위라 변명할 수도 있겠다. 하지만 지나친 뒷담화는 바람직한 일이 아니다.

말은 그 사람의 품격이다. 지혜로운 사람은 아무리 어려운 일을 당해도 지혜로운 말로 평정을 도모한다. 한마디 말로 친구를 원수로 만들 수도 있으니 말의 위력은 대단하다.

이야기 하나 막말을 휘둘러 서로의 가슴에 비수를 꽂다

권세가의 고명딸이었던 그녀가 열두 대문 집 며느리로 누렸던 쩌렁쩌렁 인생은 짧았다. 남편의 주색잡기로 행랑채 신세가 되었다. 그때부터 친정에 기대 왔는데 그날은 큰돈을 요구했다. 지금까지 참아 온 맏며느리가 드디어 입을 열었다.

"난봉꾼 남편 빚까지 떠넘기고 싶으세요. 그건 안 되지요."

그녀 자존심에 비수를 꽂은 것이다. 치명타를 입은 그녀가 무덤까지 가져가기로 약속한 말을 꺼내 되받아쳤다.

"종갓집 종부로 와서 아들 하나 못 낳은 주제에 큰소리치긴."

학교에서 돌아와 댓돌에 올라서던 아들이 대청마루에 책가방을 던지고 가출해 버렸다.

먼발치에서 바라보기만 했던 생모가 백지장이 되어 달려왔다. 종부(宗婦)에게서 종손을 기대할 수 없던 차에 막내며느리가 연년생으로 아들을 낳자 지엄한 시부모가 둘째를 종손 호적에 올리라 명했던 것.

가면무도회 후 결투 장 레옹 제롬 1824-1904 프랑스, 1857

수소문 끝에 아들은 찾았지만 상처가 컸다. 시누이에게는 금족령이 내려졌고 지금까지 다정했던 엄마와 아들 사이에 눈치작전의 그림자가 어른거리기 시작했다.

상대를 제압하려 당긴 화살이 부메랑이 되어 자신들을 쓰러뜨린 것이다. 그라시안이 〈세상을 보는 지혜〉에서 말했다.

"화살은 육체를 뚫고 나쁜 말은 영혼을 찌른다."

이야기 둘 바닷가 난파선, 가해자는 누구인가?

달음박질 선수처럼 뛰쳐나가 상대에게 일격을 가하는 말의 발 빠름에 놀란 적이 있으리라. 교양만으로는 말의 천방지축을 제압하기 힘들다. 여기 말의 발 빠름이 일으킨 비극이 있다.

바닷가 마을에서 혼자 살아온 청년이 있었다. 결혼 후 딸이 태어나자 천하를 얻은 듯 기뻤다. 딸이 자라 낚싯배 친구가 되니 인생이 더할 나위 없이 행복하다.

그해 여름, 딸이 학교 행사에 빠지고 아버지와 바다낚시를 가겠노라 우긴다. 딸이 돌아올 때까지 배를 띄우지 않고 기다리겠다는 아버지 약속을 받고야 학교로 향했다.

그렇게 손가락을 걸고 약속했던 아버지가 왜 그랬을까? 다음 날 혼자 바다에 배를 띄웠던 것. 갑자기 여름날 돌풍이 일어 배가 뒤집혀 싸늘한 주검이 되어 돌아왔다.

딸은 아버지가 왜 약속을 저버리고 배를 띄웠는지 궁금하다. 충격에 빠져 몸져누운 엄마에게는 물을 수가 없다. 가사도우미는 딸의 궁금증을 풀어주는 일을 배려로 여겼을까? 세상에는 하지 말아야 할 말도 있거늘.

폭풍 후 해변 에벌린 모건 1850-1919 영국, 1899

"아랫마을에 사는 여자 조각가 알지. 엄마와 결혼 전부터 아버지 친구였어. 네가 떠난 날 밤 그녀 집에서 자고 왔거든. 엄마 시선을 피해 바다로 도망쳤던 거지."

아버지에게 엄마 아닌 다른 여인이 있었다니 믿을 수가 없다. 고민 끝에 그녀를 찾아가 확인하기에 이른다. 배는 풍랑에 부서졌고 바다처럼 넓은 인생을 선물하리라던 아버지도 사라졌다. 떠나고 싶었으리라. 며칠 쉬고 오겠다며 떠난 딸이 약속 날이 지나도 돌아오지 않자 엄마가 찾아 나섰다. 마중 나온 쉼터원장이 까칠하게 충고한다.

"그제 떠났어요. 혼자이고 싶다니 찾지 마세요."

청천벽력이다. '왜?'를 반복하며 기다린 12년을 접고 새 출발을 하려는 순간에 딸의 편지를 받는다. 세 아이 엄마로 세상풍파 얼마나 겪었으랴. 첫딸을 잃고서야 엄마 마음을 헤아리게 되었다는 고백이다. 엄마의 절규다.

"슬퍼서 미칠 것 같았어 너 없는 세상이. 나의 전부였던 너!"

영화 〈줄리에타(Julieta)〉 이야기다. 이 가족의 행복을 산산조각 낸 파도는 누가 몰고 왔나? 헝가리 정치가 코슈트 러요시가 말한다.

> "인간의 혀는 인간의 뇌리에 떠오르는 생각을 전하는 데는 충분한 기능을 하지만 진실하고 깊은 감정의 영역에서는 서툰 통역인에 지나지 않는다."

이야기 마무리 소문을 기웃거리면 소문 인생이 된다

전 세계가 악성댓글로 몸살을 앓고 있다. 악성댓글에 파묻혀 지내는 이들은 자기가 무슨 짓을 하고 있는지 알기나 할까?

경솔한 여자 피터 펜디 1796-1842 오스트리아, 1838

정신과 의사 베르델 바르데츠키가 악성댓글을 즐기는 네티즌들의 심
리를 분석한 글이다.

"악성댓글을 다는 사람들을 만나 보면 심리적으로 위축된 사람들
이 많았다. 그들은 인터넷이라는 익명공간을 통해 분노와 열등감을

마치 '배설'하듯 쏟아 낸다. 특히 유명한 사람, 성공한 사람들을 비난 하는 것은 순간적으로 자신이 우월해진 것 같은 쾌감을 얻기 때문에 한번 중독되면 거기서 빠져나오기 힘들다."

'소셜네트워크서비스$^{(SNS)}$의 전파력을 타고 퍼지는 뜬소문과 얼굴을 붉히게 하는 '카더라' 방송의 망발, 출구에 자물쇠가 채워진 세상 종말 소식들. 이 시대의 말은 술꾼의 주먹질에 찢긴 거리의 현수막처럼 상처 투성이다. 그래서 묻는다.

기웃거림을 참지 못해
누구를 슬프게 한 적은 없었는지?

비열하게
이웃의 고통을 즐긴 적은 없었는지?

말을 휘둘러
친구의 약점을 제압한 적은 없었는지?

지혜로운 여자가 희망이다

지혜로운 삶이란 이성적인 삶이다.
ㅡ에픽투테스

천문학 제임스 산트 1820-1916 영국

이성혐오(異性嫌惡) 대치상황이 사회문제로 떠오르자 신문에서 특집으로 다룬 적이 있었다. 기사에서 본 그들의 댓글 싸움이 너무나 치졸해 그때 받은 충격이 지워지지 않는다.

각박한 사회가 이성혐오를 불러왔다고도 하고, 성(性) 평등사회로 가는 과도기적 상황이라는 진단도 있지만 "꼭 그래야 하는가?"라는 물음은 여전히 유효하다.

양쪽 진영은 상대편을 먼저 제압하려 치열하지만 승자와 패자를 알리는 종은 울리지 않을 것이다. 남자 없는 여자 인생이 있을 수 없고, 여자 없는 남자 인생이 있을 수 없기 때문이다.

이야기 하나 여자가 소명에 귀를 기울이면

남자가 낭떠러지를 향해 달릴 때 누가 그의 소맷자락을 잡고 구할 수 있을까? 온몸을 던져 이 물음에 답한 여인이 있다.

재물이 쌓이면 오만해진다. 그녀 남편이 그랬다. 고을의 영주인 남편은 소작인을 착취하는 일에 일말의 가책도 없었다. 가뭄으로 논밭이 쭉정이가 되어도, 홍수로 가을걷이가 검불뿐이어도 예년과 다름없이 소작료를 매겼다. 소작인들에 대한 남편의 태도는 갈수록 방자해졌고 소작인들의 원성 또한 깊어 갔다.

이를 보다 못한 그녀가 소작인들에게 인간다운 삶을 찾아 줄 방법이 없을까 고심했을 것이다. 남편에게 애원도 하고 호소도 했을 것이다. 호소가 비웃음이 되고, 애원이 조롱이 되자 드디어 결심했을 것이다. 오만으로 병들어 가는 남편을 구하기 위해 마지막 카드를 꺼냈을 것이다.

"지금 우리 앞에 쌓인 재물은 소작인들로부터 착취한 거잖아요. 제가 입고 있는 비단옷이 저들의 피눈물이라는 생각에 잠을 이룰 수가 없어요. 제발 그만해요."

자존심이 상한 남편이 아내의 기세를 꺾을 방법을 찾아냈다.

고다이바 부인 존 콜리어 1850–1935 영국, 1898

"당신이 알몸으로 말을 타고 영지를 한 바퀴 돌면 고려하겠소."

어느 여인이 이 제안을 받아들일 수 있겠는가. 하지만 상상도 못한 일이 일어났다. 그녀가 이른 아침 맨몸으로 말에 올랐던 것이다. 이 소식은 삽시에 마을을 휘돌았다. 자신들을 위한 그녀의 용기에 감동한 소작인들이 약속이나 한 듯 일제히 창문을 닫고 커튼을 내렸다.

천여 년 전 영국 중부지방 코번트리 영주의 아내였던 고다이바(Godiva) 부인 이야기다.

그녀 이야기가 오늘까지 전해 오는 것은, 순종이 여자의 미덕이던 시대에 남편의 잘못을 바로잡으려 나선 그녀의 지혜로움에 감동해서다. 누리고 있는 모든 것을 잃을 각오로 맨몸 투쟁에 나선 용기를 기리는 마음에서다. 군중도 없이, 구호도 없이 오직 여자 한 몸으로 실천한 그녀의 혁명정신에 대한 찬탄에서다.

대의를 위한 정치인의 행동주의를 고다이바이즘(godivaism)이라 한다. 그녀가 자신의 이름으로 우리에게 남긴 유산이다.

그녀는 소작인들의 비참한 삶을 보며 '이 시대가 내게 원하는 소명은 무엇인가'를 물었으리라. 낡은 관습과 견고한 율법과 남성들의 우월주의를 무너뜨리기 위해 비단옷을 벗어던지라는 역사의 부름을 들었으리라. 데이비드 브룩스가 〈인간의 품격〉에서 한 말이 그녀에게 바치는 헌사처럼 들린다.

"소명을 끌어안는 사람은 자신에게 가장 소중한 것을 기꺼이 내려놓는다. (⋯) 그들은 역사적 책무를 다하는 헌신 속에서 삶의 덧없음을 보상받는다."

이야기 둘 두 아들을 영웅 반열에 올려놓다

기원전 2세기경부터 현모양처로 추앙받아 온 로마 여인이 있다. 코르넬리아 아프리카누스다. 그녀의 인품은 이웃나라에까지 자자했다. 인간이 거역할 수 없는 숙명이 있다면 죽음이다. 젊은 부인과 어린 두 아들을 두고 남편이 떠났다. 이 소식을 들은 이집트 왕이 청혼했지만, 그녀는 보장된 부귀영화를 거절하고 두 아들의 교육에만 전념했다.

그녀의 품성을 알게 하는 일화다. 어느 날 그녀 집에 모인 부인들이 보석 자랑을 늘어놓았다. 대화에서 한발 물러나 있는 그녀에게 한 부인이 끈질기게 물었다.

"당신은 소문처럼 자랑할 보석이 없는 건가요?"

마지못한 그녀가 두 아들을 불러들인 후 말했다.

코르넬리아, 그라쿠스 형제의 어머니 안젤리카 카우프만 1740–1807 스위스

"내게도 보석이 있지요. 이 아이들이 나의 보석이랍니다."

이날 그녀가 자랑한 보석이 후일 영웅 반열에 오른 그라쿠스 형제다. 가문의 영예만으로도 두 아들은 평생 부귀를 누리며 살 수 있었다. 하지만 그녀는 두 아들이 양쪽 가문의 명예에 안주하기를 바라지 않았다. 영웅으로 칭송받아 온 로마 개혁가 스키피오의 딸다웠다.

"나는 내 이름이 명장 스키피오 아프리카누스의 딸이 아니라 티베리우스와 가이우스의 어머니로 남기를 원한다."

이 말은 귀족의 부패를 막는 일에 몸을 아끼지 말라는 당부이기도 했다. 두 아들은 기득권을 내려놓을 수 없었던 부패한 귀족들의 칼날 아래 쓰러졌지만 그들의 죽음은 헛되지 않았다. 로마에 민주의 초석을 다진 고귀한 죽음이었다.

　두 아들과 그녀의 삶에 대한 어느 역사가의 기록이다.

　"그라쿠스 형제의 높은 이상과 죽음을 불사하면서까지 로마 지배계급의 부정부패와 불의에 맞서 싸운 정신세계는 어머니 코르넬리아로부터 물려받았음에 틀림없다. 어머니의 지성과 교양 그리고 자식들에 대한 자부심이 갖는 힘이 그라쿠스 형제가 추진한 '민중혁명'의 에너지였던 것이다."

　그녀는 두 아들을 잃고도 탄식이나 원망을 드러낸 적이 없었다. 정의롭고 고귀한 죽음임을 알았기에 그럴 수 있었다. 그녀는 흔들림 없이 전통을 지키는 일에 여생을 바쳤다.

　로마인들은 오늘도 그라쿠스 형제의 죽음을 기리며 "그 어머니에 그 아들이었다"라는 말로 그녀에게 경의를 표한다.

　이야기 마무리 누가 새벽을 열 것인가?

　인간관계에서 사랑과 신뢰가 무너지면 서로 잘났다고 우기는 일이 벌어진다. 이 때문에 이성혐오가 성업 중이라는 소식에 아연실색하게 된다.

　인류를 지탱해 온 힘은 사랑에 있다. 이 사랑을 짓밟는 자는 누구인가? 다름을 인정하지 않는 편협한 사람들이다.

　소명의 다름, 취향의 다름, 감성의 다름, 기질의 다름, 민족의 전통과 가치관의 다름. 세상은 다름으로 하여 얼마나 다채롭고 아름다운가.

　우리가 다름을 인정하지 않으면 이성혐오 같은 유령이 지하세계의 문을 밀고 올라와 세상을 어지럽힌다. 서로 잘났다며 돌팔매질하는 이성혐오의 대치상황. 그곳에는 서로가 던진 돌팔매에 쓰러진 사랑의 시체들이 쌓여 있을 뿐이다.

저들이 외치는 평등은 환상이다. 세상 모든 꽃이 장미가 되겠다고 아우성치는 것과 무엇이 다르겠는가. 이런 졸렬한 이념은 단호히 거절해야 한다. 각자 자기 소명으로, 자기 취향으로 빛날 때 세상이 찬란해진다.

새벽의 여신 에오스 후안 안토니오 라베라 1779-1860 스페인

우리는 왜 지혜를 소중하게 여겨야 하는가? 지혜는 생명의 고귀함을 지키는 방패이기 때문이다. 지혜는 사랑의 기쁨과 정의의 환희를 지키는 자유정신이기 때문이다.

여인이 지혜로우면
생명의 꽃을 아름답게 피워
세상을 꽃밭이 되게 하리

여인이 지혜로우면
지상의 어둠을 물리치는
새벽의 여신 에오스가 되리.

쇼핑중독, 병은 아니지만 병이다

극도의 탐욕은 언제나 잘못된 것이다.

—라 로슈푸코

세관 안토니오 만치니 1852-1930 이탈리아, 1877

여자의 아름다움은 존재감에 있다. 쇼핑중독에 영혼을 넘기지 말라며 〈철학의 위안〉에서 보에티우스가 남긴 말이다.

> "찬란한 보석들이 너의 눈을 끌더냐? 만일 그 독특한 광채 중에 어떤 고귀한 것이 있다면 그것은 보석이지 결코 그것으로 장식한 그대는 아니니라."

이야기 하나 지름신에 홀려 그녀 인생이 침몰하다

허영심이 발동하면 마음이 다급해진다. 앞뒤 생각할 겨를도 없이 쇼핑백에 주섬주섬 쓸어 담는 여인을 지켜보던 친구가 중얼거린다.

"지름신이 강림하셨군!"

지름신은 '지르다'의 명사형 '지름'과 신(神)을 합친 말이다. 신이 무당에게 내리는 신내림을 접신(接神) 또는 망아(忘我)라 한다. 망아는 이성을 잃고 황홀경에 빠지는 상태다.

망아의 몽롱함을 즐기다 쇼핑중독에 빠진 여인이 있다. 평생 '시장표'로 살아온 그녀가 막내를 장가보내며 백화점표 핸드백을 예물로 받았다. 명품 백을 들고 집을 나서자 이웃 여인이 인사말을 던졌다.

"젊어 보이세요."

뜻 없이 던진 인사말에 취해 그때부터 명품거리를 기웃거리기 시작했다. 변신술에 능한 지름신이 자신을 망아상태에 빠뜨릴 줄을 어찌 상상이나 했겠는가. 그녀는 쇼핑 재미에 빠져 제정신이 아니었다. 마이너스 통장을 개설하기에 이른 것이다.

'몸에 맞지 않는 갑옷은 오히려 상처를 준다'라는 말이 있다. 지름신의 포로가 된 후 그녀는 많은 것을 잃었다. 가족에 대한 애틋한 사랑과

자유를 빼앗긴 여인 에벌린 모건 1850–1919 영국, 1907

다정했던 친구도 잃었다. 땀 흘리며 오르던 암자의 불심도 잃었다. 소소한 기쁨에서 얻었던 행복감을 모두 잃었다.

미국 플로리다대학 연구팀의 실험 결과다.

청춘 세대는 사회적인 소속감이 불안할 때, 은퇴 세대는 외로울 때 충동구매가 심했다고 한다. 하지만 물질로는 공허감을 채울 수 없다. 영혼이 원하는 것은 생명에 대한 사랑과 열정이지 물질이 아니라서 그렇다. 정신분석학자 로렌스 굴드가 말한다.

옷치레 슈빌리에 타일러 1862-1925 영국, 1900

"행복은 자기 소유권 안에서 즐기는 것에 있다."

이야기 둘 모든 일에는 금지선이 있다

텔레비전을 켜면 먹고 마시고 입고 떠나라며 꼬드긴다. 능력 이상을 즐기라며 유혹하는 광고들이다. 이때 온라인쇼핑의 편리함에 빠지면 재래시장에서 얻는 인간적인 즐거움만 놓치는 것이 아니다. 자기 뜻과는 상관없이 고객 명단에 이름이 오른다.

그녀가 그랬다. 눈길에 미끄러져 발목에서 정강이까지 기브스를 하고 방 안에 갇히게 되자 유일한 말벗이 텔레비전이었다. 채널을 돌리다 만난 홈쇼핑 세계는 별천지였다.

기브스를 풀고 물리치료를 받으려면 원피스가 편하리라는 단순한 생각으로 원피스 한 장을 주문한 것이 시작이었다. 그때 쇼핑중독에 대한 신문 기사 구절이 눈에 들어왔다.

'쇼핑중독은 필요하지도 않고 여력도 되지 않는 물건을 습관적으로 구매하는 행동으로 죄의식과 경제적 어려움을 가져온다.'

자기 이야기였다. 쇼핑중독의 길에서 그녀를 돌아서게 한 것은 한 권의 책이었다. 브래드 블랜튼이 쓴 〈정직의 즐거움〉에 이런 구절이 있었다.

"우리가 진정으로 우리 삶을 한 단계 업그레이드시키는 일은 더 많은 물건을 사들이는 것이 아니라 더 많은 것을 깨닫는 것이다."

이야기 마무리 모든 집착은 사랑의 결핍에서 온다

쇼핑중독은 물질에 대한 집착이다. 특히 여성들은 신분 상승을 꿈꾸며, 우울한 기분에서 벗어나려, 자존감 회복을 위해 쇼핑에 집착한다. 집

앙금 해리 윌슨 와트루스 1857-1940 미국, 1914

착은 어디서 오는가? 생텍쥐페리가 〈어린 왕자〉에서 진단한 내용이다.

"소유욕과 사랑을 혼동하지 말라. 사랑은 고통을 주지 않는다. 고
통을 주는 것은 소유에 대한 집착이며 그것은 사랑의 반대말이다."

모든 고통은 소유욕에 대한 집착에서 온다. 사랑은 기쁨이며 감동이
며 환희다. 사랑이 고통이라면 어찌 인류 구원의 명제가 될 수 있었겠는

크리스털을 바라보는 여인 릴라 페리 1848-1933 미국, 1913

가. 심리학이 쇼핑중독에 붙인 이름이다.

'병은 아니지만 병이다.'

이 말은 전염성 바이러스가 아니라 위험할 것까지는 없지만, 방치하면 인생이 구급차에 실려 갈 수 있으니 조심하라는 뜻이다.

우리는 누구나 자기 인생을 빛낼 자기만의 크리스털 하나씩을 가지고 태어난다. 그것이 영혼이다. 영혼을 갈고 닦아 빛을 발하게 하는 것은 인생의 소명 중 하나다. 때문에 소유욕에 대한 집착으로 영혼을 잃지 않으려면 물어야 한다.

존재는 사랑이라 했는데
존재의 충만을 위해
사랑의 슬픔까지도 포용한 적이 있었는가?

가진 것에 만족하지 못하면
세계를 얻어도 불행하다 했는데
청빈을 기뻐한 적이 있었는가?

보석을 아름답다 여기는 순간
별빛의 아름다움을 잊는다 했는데
소유욕에 연연한 적은 없었는가?

나는 착한 여자가 싫다

마음의 병은 육체의 병보다 위험하다.
―키케로

테라스의 여인 에드가 드가 1834-1917 프랑스, 1857

종교개혁가 칼뱅의 예정설을 비틀면 이런 표현이 된다.

'우리 각자의 운명은 이미 신이 정해 두었으니 부자는 부유함을 즐기

고 가난한 사람은 원망하지 말고 가난을 받아들여라. 더 나은 삶을 위해 뛰어다니는 일은 헛수고다.'

우리더러 운명론자가 되라는 말이다. 과연 그래야 할까? 영국 작가 길버트 체스터튼이 운명론자들의 각성을 촉구한다.

> "나는 행동하는 자에게 정해진 운명이 있다는 것을 믿지 않는다. 그러나 행동하지 않는 자들에게는 정해진 운명이 있다고 믿는다."

이야기 하나 대책없이 착한 그녀 무너지다

운명에 두들겨 맞은 친구 이야기를 하며 후배가 펑펑 울었다. 그녀는 부잣집 맏며느리였는데 신혼여행지에서 남편이 사라졌다. 첫사랑과 현해탄을 건너갔다느니 소문이 무성했지만 변함없이 며느리 자리를 지켰다. 운명을 끌어안고 일생을 마치는 여자의 전형이었다. 후배의 말이다.

"그녀는 제 신경안정제였어요. 가슴이 부글거릴 때마다 찾아가 위로를 받았거든요. 신세타령이나 외로움을 비친 적이 없었어요. 믿음이 얼마나 깊으면 저럴 수 있을까 싶었어요."

어느 날, 그녀 앞에 망가진 모습으로 남편이 돌아왔다. 남편이 돌아온 지 한 달 남짓, 검은 돌풍이 그녀 인생에 시한부 깃발을 꽂고 달아났다. 췌장암 말기였다. 후배의 분노다.

"전 착한 여자가 싫어요. 정말이지 싫어요. 그녀를 보며 알았어요. 착하다는 말은 '바보'라는 뜻이었어요."

우리 주변에는 대책 없이 착한 여자가 생각보다 많다. 남편 바람기를 한탄하며 우울증과 숨바꼭질 중인 사모님, 신경성대장염 약봉지를 숨긴 채 알코올중독 아들의 술값 마련에 나선 청소부 아줌마, 관절염으로 절룩이며 치매환자 친정엄마를 요양시설에 못 보내는 딸 등. 이들은 왜 여기저기 쑤시고 아플까?

포로들 에벌린 모건 1850-1919 영국, 1910

현대의학에 정신신경면역학이란 것이 있다. 감정이 신경계와 면역계에 미치는 영향을 연구하는 학문이다. 이 분야 전문의 게이버 메이트가 〈몸이 아니라고 말할 때〉에서 한 말이다.

"중증질환을 앓고 있던 내 환자들의 경우, 삶의 중대 국면 앞에서 '아니오'라고 말하는 용기가 있었던 환자는 거의 없었다."

메이트의 진단은 이런 뜻이다.

'심인성(心因性, psychogenesis) 질병의 대부분은 스트레스가 목까지 차올라 더 이상 버틸 수 없을 때 나타난다. 특히 만성 스트레스는 암 등의 질병을 일으킬 위험이 높다.'

후배의 천사표 친구도 '이렇게 살 수는 없어!' 라며 봇짐을 싸는 시늉이라도 했어야 한다. 그녀의 암은 꾹꾹 눌러온 감정이 쌓여 폭발한 것에 다름 아니다.

이야기 둘 조연 인생으로 끝나다니

우리는 자기 인생을 살기 위해 이 세상에 왔다. 한두 장면 등장하고 사라지는 연극무대 조연도 자기 인생에서는 당연히 주연이다. 여기 조연으로 살다 떠난 청춘이 있어 묻게 된다. 누구 탓이었나?

그녀는 소녀가장이다. 희망 없는 마을에서 사는 것은 자기로 족하다며 선교사에게 부탁해 동생을 미국으로 보낸다. 향수병에 시달리는 동생에게 선교사가 봉투를 건네며 말한다.

"얼굴 없는 후원자의 뜻이니 야간대학에 입학하세요."

동생은 처지가 비슷한 청년을 만난다. 낮에는 직장, 저녁에는 야간대학을 다니며 주말 데이트로 꿈에 부풀어 있다. 원하던 졸업장을 손에 든 기쁨도 잠시, 언니가 위독하다는 소식이 날아든다. 고향에 다녀오려는데 결혼식만이라도 올리고 떠나라며 청년이 조른다.

둘만의 비밀 결혼식을 올리고 멋지게 변신한 모습으로 고향에 도착한 동생에게 부자 청년이 다가온다. 신분상승의 기회에 마음이 흔들린 순간, 비밀 결혼 사실이 바다를 건너 마을에 도착한다.

'어떻게 이런 일이!'

그녀가 당황하는 사이 날개 달린 천리마를 타고 비밀이 마을을 날아 다닌다. 결국 동네 사람들의 돌팔매를 피해 도망치듯 미국으로 돌아간 다. 2016년 '영국아카데미' 작품상을 수상한 영화 〈브루클린(Brooklyn)〉 이야기다.

자매 베시 맥니콜 1874-1921 영국, 1899

이 영화에서 주연은 동생이고 언니는 조연이다. 자기 인생 주연으로 살 아 보지도 못하고 떠나다니! 지병을 숨기느라 얼마나 힘들었을까? 엄마 모르게 동생 등록금을 마련하느라 얼마나 노심초사했을까? 그녀 죽음 을 실은 구급차가 떠나는 순간 어디에선가 읽었던 구절이 떠올랐다.

'모두에게 착한 사람은 자기에게 가장 나쁜 사람이다.'

이야기 마무리 스트레스에서 탈출하기

통계에 따르면, 중년 여성병으로 알려진 화병을 20대 여성이 14%나 앓고 있다. 왜일까? 이 물음에 대해 후배가 내린 진단이다.

"여자들은 '좋은 게 좋은 거'라 여겨요. 문제와 맞닥뜨려 싸우려 하지 않아요. 그럴 때마다 크고 작은 스트레스가 쌓여 화병이 되지요."

뒤늦게 착한 여자 이름표를 떼고 자기 인생의 주연 자리를 찾은 여인 이야기다. 어느 날 감정이 격해 집을 나섰는데 마땅히 갈 곳이 떠오르지 않아 아파트 옥상 난간에 기대 밤을 밝힌 적이 있었다.

그때 인생은 결국 혼자라는 것을, 남편도 자식도 제삼자라는 사실을 깨달았다. 그 일이 있고부터 운명을 향해 주먹질을 하듯 묻기를 거듭하고 있다.

아직도 남에게 잘 보이려 긴장하고 있니?

아직도 화를 참는 것을 미덕으로 여기니?

아직도 '착하다'는 말에 발목이 잡혀 있니?

외로움이 우울을 데리고 그대를 찾아오면

술, 너의 이름은 악마가 홀린 천사의 눈물이다.
—헤르만 헤세

지치다 윌리엄 메리트 체이스, 1049–1916 미국, 1889

'엄마는 혼술중'이란 말이 유행이다. 이 말은 엄마 혼자 술을 마시는 중의 줄임말이다. '키친드링커'라는 신조어도 있다. 혼자 부엌에서 딱

한잔만 하고 시작한 것이 한 병 술로 늘어나는 것을 두고 하는 말이다. 혼술중이든 키친드링커든 알코올중독의 길로 들어선 여성들의 문제는 외로움 때문이다.

외로움이 무서운 것은 우울을 몰고 다녀서다. 정희진 여성학 연구가의 말이다.

"제일 무서운 남자는 열등감 있는 남자고 제일 무서운 여자는 외로운 여자다."

이야기 하나 정신과병원 출입을 그만두고 싶으세요?

수술로 우울을 치유하는 시대가 열릴 것이라 한다. 하지만 우울증은 그 원인이 다양해 심인성(心因性, psychogenesis)에 속하는 우울증은 수술로 치유하기 어려울 것이다. 인간의 마음은 너무나 오묘해 수술로 잘라 내고 꿰맬 수 있는 것이 아니라 그렇다.

'우울증은 마음의 감기다.'

심리치료실에서 흘러나온 말이다. 감기는 약을 먹지 않아도 때가 되면 낫는다는 말이 있다. 그렇다면 약봉지를 쓰레기통에 던져도 되지 않을까? 이 어려운 일을 해낸 이야기다.

막내동생 졸업을 축하하며 떠난 여행지에서 사고로 부모를 잃는다. 충격을 이겨내지 못한 동생이 그날부터 실어증 환자처럼 커튼을 친 방에 똬리를 틀었다.

칩거가 깊어 가자 보다 못한 언니가 동생을 끌고 정신과병원을 찾았다. 의사와 마주앉으면 그나마도 입을 여는 모양이라 다행으로 여겼는데 동생의 우울은 더욱 깊어 갔다.

아픈 여인 얀 하빅스 스틴 1625-1679 네덜란드, 1666

수소문 끝에 알아낸 병명이 의존증(依存症)이었다. 의존증은 크게 두 가지로 나뉜다. 하나는 약물이든 의사든 환자가 집착하는 것을 막으면 갈망으로 고통을 겪는 정신적 의존성이다. 다른 하나는 구토, 경련, 혼수, 불면 등의 금단현상까지 일으키는 육체적 의존성이다.

동생의 증상이 어떤 상태인지를 알려고 책을 뒤적이다 만난 구절이다.

'의술이 몸을 치료한다면 자연은 마음을 치유한다.'

동생의 취미가 도자기공예였던 것이 생각났다. 친구가 운영 중인 시골 공방에 입주시켰다. 정신과 출입을 중단한 지 석 달이 지난 후 달라진 동생 모습에 눈물이 쏟아졌다. 미국 심리학자 윌리엄 제임스가 〈종교적 경험의 다양성〉에서 한 말도 도움이 되었다.

　　"우리 시대의 가장 위대한 발견은 태도를 바꾸면 인생도 바꿀 수 있다는 것을 알게 된 것이다."

이야기 둘 몰려온 불청객, 빈둥지증후군과 번아웃증후군
　세계질병관계자의 통계에 따르면 여성 우울증 환자가 남성의 두 배다. 이 병이 무서운 것은 충동적으로 파도에 실려 하염없이 어딘가로 떠내려가고 싶거나 절벽에서 뛰어내리고 싶은 것에 있다. 독일 심리상담사 우르술라 누버가 〈아직도 나는 내가 제일 어렵다〉에서 내린 처방이다.

　　"두려움과 절망이 어디에서 오는지를 정확히 알아야 비로소 자신의 본 모습을 되찾을 수 있다."

　누버의 처방을 확인케 하는 이야기다. 그녀는 가족을 위해 자기 삶을 아낌없이 불태웠다. 취미생활도, 신앙생활도 사치에 속했다. 그러니 친구가 있을 리 없었다. 삼 남매가 자기들 둥지로 떠났는데 갑자기 남편마저 떠났다.
　사촌언니 꿈에 칠흑의 밤길을 하염없이 걷고 있는 그녀 모습이 보였다. 불길한 예감에 달려갔더니 쿵쾅거리는 TV 소리에 묻혀 멍한 눈으로 앉아 있다.
　어지럽고 매스껍고 머리가 깨질 듯해 병원을 찾았는데 병명이 없었다. 눈치 빠른 언니가 알아차렸다.

외로움 장 자크 에네 1829-1905 프랑스

빈둥지증후군만이 아니었다. 활활 태워 남은 것이 하나도 없다 하여
소진증후군, 탈진증후군으로 불리는 번아웃증후군(Burnout syndrome)까
지 함께 쳐들어왔으니 맞설 용기가 나지 않았으리라. 하지만 이들을 피
해 TV 상자 속으로 숨었으니 머리가 깨질 듯 아플 수밖에 없었다.

미국 하버드대 보건대학원 연구팀의 보고다. 여성 5만여 명의 응답 자
료를 분석한 결과 하루 3시간 이상 TV를 시청하는 여성은 TV를 거의
보지 않는 여성보다 우울증 진단을 받을 확률이 13%나 높았다.

사촌언니가 내린 처방은 단호했다. 당장 텔레비전을 치우고 하루 두 차례 산책에 나설 것.

일 년이 지난 후 동네 주변 산책로를 줄줄이 꿸 정도로 건강을 회복했다. 〈우울의 심리학〉에서 수 앳킨슨이 한 말이다.

"게을러지는 것은 우울해지기 위한 최고의 방법이다."

이야기 마무리 이유 없는 아픔은 없고 치유 못할 상처도 없다

심리학이 말한다. '우울증은 육체와 영혼의 저항이다.' 이 말을 확인하러 나선 길 위에서 그들을 만났다.

남자는 아내와 직장 상사의 불륜 현장을 목격한 순간 감정이 폭발해 일으킨 사건으로 아내 집 직장 모두를 잃었다. 슬프도록 착한 남자가 정신과 치료를 끝내고 병원을 나서며 다짐한다.

'잃은 것 모두를 되찾으리라.'

이토록 불행한 남자 인생에 뛰어든 여자가 있다. 그녀는 엄마 되는 일이 두려워 남편을 멀리했다. 아내 마음을 돌리려 생일 선물을 사러 나간 남편이 교통사고를 당한다. 남편의 죽음에 대한 죄책감에서 벗어나려 의지해온 우울증 약봉지를 버리고 춤을 배우기 시작한다.

동병상련(同病相憐)이었으리라. 여자가 약속한다. 댄스대회 파트너로 출전해 주면 아내와의 재결합을 성사시켜 주겠노라고.

솔깃한 제안이다. 춤을 배우는 사이 두 사람 사이에 망가진 러브멘탈, 사랑의 감정이 피어난다. 하지만 남자는 여전히 이혼한 아내에 대해 집착한다. 자존심이 상한 여자가 대회의 막이 내리자 사랑의 감정을 들키지 않으려 서둘러 떠난다.

여자의 쓸쓸한 뒷모습을 목격한 아버지가 아들에게 귀띔한다.

"인생에서는 누군가 손을 내밀 때 그 마음을 알아채는 게 아주 중요하단다. 내민 손을 잡지 않으면 평생 후회하게 돼."

영화 〈실버라이닝 플레이북(Silver Linings Playbook)〉의 줄거리다. 이 영화는, 삶이 산산조각 났을 때 자기 인생에서 깨져 나간 사금파리를 찾아가는 이야기다.

그녀를 가로막고 있는 벽은 높았지만 굽 높은 구두를 벗어던지고 운동화 끈을 조인다. 벽을 뛰어넘는 순간 길섶에서 반짝이는 사금파리. 춤을 발견한다. 춤을 추며 사랑의 감정이 살아나고 춤을 추며 우울과 결별한다.

여기서 우울의 원인, 종류, 치유방법 등을 모두 열거하기는 어렵다. 아쉽지만 이 말은 하고 끝내자.

인생은 기회다!

상담 수술 약 등으로 치료해야 할 우울증도 있다. 하지만 지금 약에 취해 흐느적이고 있다면, 밑져 봐야 본전 아닌가? 그녀처럼 약봉지를 쓰레기통에 던져 볼 일이다.

〈오이디푸스 왕〉의 저자 소포클레스가 말했다.

"스스로 돕지 않는 자에게는 기회도 힘을 빌려주지 않는다."

자선의 정도(正道)를 물었더니

생각 없는 자선행위는 일종의 질병이다.
—로버트 헨리

정원에서 아침을 프레더릭 칼 프리스크 1874-1939 미국, 1911

'행복나눔상' 수상자 중에 유난히 시선을 끄는 이가 있다. 50년 행상으로 모은 재산을 기부한 할머니 이야기다. 할머니의 9천만 원은 부자의 10억에 비할 바가 아니다.

할머니의 이 마음은 세상 구원을 원하는 보살의 마음이고, 아낌없이 남김없이 나누는 어머니 마음이다. 그래서 자비심은 여성성(女性性)이다. 하지만 자선이 자기만족을 위한 경우도 없지 않다.

그래서 묻게 된다. 자선의 정도(正道)는 무엇인가? 모리스 젱델이 〈나날의 삶을 하느님과 함께〉에서 한 말이다.

"불행을 덜어주는 방법은 하나의 모욕이며 폭행이 될 수도 있다. 해야 할 일은 오직 하나, 그 원인을 제거하는 일이다."

이야기 하나 여자의 자비심, 검약의 열매일 때 가장 아름답다

자선은 주는 쪽보다 받는 쪽의 기쁨이라야 한다. 받는 이의 마음에 감동의 물결이 출렁일 때가 진정한 자선이다. 마하트마 간디의 말이다.

"천 번의 기도보다 단 한 번의 행동으로 단 한 사람한테라도 기쁨을 주는 일이 훨씬 낫다."

간디의 말에 해당하는 삶을 살고 있는 여인이 있다. 남편이 공직자로 은퇴한 후 두 아들을 분가시켜 형편이 빠듯하다. 이웃 챙기기에 남다른 그녀의 성품을 아는지라 얼마나 목이 타랴 싶었다. 그랬는데 그녀의 자비심은 여전하다.

퍼내고 퍼내도 채워지는 화수분을 어디서 훔쳐 오기라도 했나? 미심쩍어하는 내 심중을 읽은 그녀가 털어놓은 이야기다.

"이른 저녁을 먹고 산책 삼아 나가요. 떨이시간에 장을 보면 찬값이 절약돼요. 거기서 떨어진 콩고물이 제 주머니 금가루이지요."

절제의 우화 미카류스 시우르리오니스 1875-1911 리투아니아

그게 몇 푼이나 되랴 싶어 믿을 수 없어 하자 티끌 모아 태산이란다. 젊은 시절 어느 날, 딸 수술비가 없어 사색이 된 친구를 보고 결혼 때 받은 패물주머니를 들고 전당포로 뛴 적이 있었다. 그때부터 주머닛돈 챙기기를 시작했다. 유대 신학자 나프탈리 뢰벤탈의 말이다.

"좋은 행동은 그 사람의 온 존재를 들어올려 자신만이 아니라 남들에게도 진지한 행복을 가져다 줄 수 있다."

이야기 둘 인색함이 지나치면 궁상이 된다

자선은 장마철 먹구름을 뚫고 퍼지는 한 줄기 햇살 같은 것이다. 하지만 세상에는 가짜 자선도 없지 않다. 〈월든〉의 저자 헨리 데이비드 소로의 일침이다.

다가서지만, 굴뚝청소부 소년과 귀부인 제리 배렛 1824-1906 영국

"부패한 자선에서 발산하는 냄새만큼 고약한 것은 없다."

자선의 향기를 시샘하는 사촌이 있으니 이름하여 '인색함'이다. 인색한 여인이 어찌 이 한 사람만이겠는가. 친구 앞집에 정치인이 사는데 명절이면 선물바구니가 줄을 잇는다. 그 많은 걸 어다다 보관하는지 궁금하다.

그러던 어느 날 포장지도 뜯지 않은 상자를 가사도우미에게 안겼던 모양이다. 상한 냄새가 진동하는 상자를 쓰레기통에 던지며 가사도우미가 투덜대는 소리를 지나던 친구가 들었다.

"먹을 수 있을 때 줄 것이지."

인색함이 습관이 되면 궁상이 된다. 궁상이 풍기는 냄새가 고약해 모두 떠나니 가련해질 수밖에 없다. 러시아 작가 막심 고리키가 〈가난한 사람들〉에서 한 말이다.

"부자는 빵 한 조각이 천 루블이라도 하는 줄 알고 있다. 빵 한 조각을 희사하면 그것으로 천당 문이 열리는 줄 알고 있다. 그들은 자기네의 양심을 달래기 위하여 베풀어 주는 것이지 가엾게 여겨서 주는 것이 결코 아니다."

인색함은 몇 배의 낭패가 되어 돌아오게 되어 있다. 이 단순한 이치를 외면하고 인색함을 휘두르다 소꿉친구를 잃은 여인도 있다. 둘이 만날 때면 식사비에 찻값까지 도맡아 내는 쪽이 있다. 왜 그러는지를 이해할 수 없어 주변에서 고개를 갸우뚱거렸다. 그날도 식사비를 지불한 후 지갑을 들여다본 친구가 난감한 표정으로 말했다.

"달랑 수표 한 장뿐이네. 오늘 커피는 네가 사야겠다."

친구 말이 식탁 위에 떨어지기도 전에 오후 커피는 몸에 해롭다며 피
신용 깃발을 흔든다. 참는 데도 한계가 있다. 그 순간의 모멸감이 얼마
나 컸으면 결별을 결심했으랴.

이야기 마무리 최선의 자선, 어느 때 누구에게 베풀어야 하나

그녀에게 아쉬울 때마다 찾아오는 여동생이 있다. 동생은 감질나게
준다며 불만을 퍼 나르고, 언니는 분수를 모르는 동생의 씀씀이 때문
에 스트레스가 쌓인다. 이런 관계는 부모와 자식 사이라도 언젠가는
금이 가게 되어 있다.

동냥꾼 앞을 지나는 사람들 루이 레오폴 브와이 1761-1845 프랑스

독일의 관계심리전문가 롤프 젤린이 말했다.

"무엇이든 다 주는 사람은 위험하다."

로마 황제 아우렐리우스도 "당신이 도울 수 있고 그도 도움받을 자격이 있을 때만 도와주라"고 했다. 돈 보스코 성인의 말이다.

> "가장 먼저 해야 하는 자선은 자기 영혼에게 베푸는 사랑이다."

그렇다. 갈잎처럼 바스락거리는 영혼으로 베풀면, 도움받은 이도 갈잎이 된다. 그러니 설익은 자비심으로 누구를 돕겠다고 나설 일이 아니다.

세상에 대한 최선의 자선은 자기다운 삶을 사는 것이다. 오두막은 작아서 아름답다. 저택은 웅장해서 아름답다. 그러니 작으면 작은 대로, 크면 큰 대로 자기 삶을 제대로 살아야 한다.

내 생각이 건방졌었나? 반격의 목소리가 거세다. 피할 곳을 찾아 몸을 숨겼더니 뜻밖에도 우 조티카 사야도 선사(禪師)의 움막이다. 그가 〈여름에 내리는 눈〉의 책갈피에 나를 숨겨 주며 말했다.

> "세상 모든 이를 행복하게 할 수 없음을 깨달았다. 그래서 단 한 사람이 행복할 수 있도록 최선을 다하고 있다. 그 한 사람이 바로 나 자신이다.

위로가 필요한 세상, 최선의 위로는

진실한 말은 언제나 꾸밈이 없고 단순하다.
—마르실리우스

비탄 에드워드 존 번스 1833-1898 영국, 1866

말레시아 비행기가 사라진 충격이 넘실되는 바다에 세월호가 거대한
쓰나미가 되어 우리를 덮쳤다. 뒤이어 아프가니스탄에서는 마을 뒷산이

무너져 주민 2천 100여 명이 실종됐는데 350여 주검만 수습하고 집단 무덤을 선포했다.

사건이 여기저기서 연달아 일어나는 것을 공명현상이라 한다. 이곳 사건의 진동이 저곳에 영향을 미쳐 일어나는 연쇄반응인 것이다. 사건만이겠는가? 슬픔도 분노도 연쇄반응을 일으킨다.

삶은 사건의 연속이고 사건은 충격(trauma)이다. 이웃이 충격에 빠졌는데 짐작을 사실인 양 포장하여 퍼뜨리는 사람도 있다. 아니면 말고 식의 '카더라'가 일파만파 퍼지는 것을 보며 유포자(流布者)의 심리가 궁금한 적이 한두 번이 아니었다.'

이야기 하나 절망을 넘어서려는 처절한 기도인 것을

줄리아드 음대 예술교육학과 교수 에릭 부스가 〈일상, 그 매혹적인 예술〉에서 한 말이다.

> "고민에 빠진 친구나 병든 친구의 옆에 앉아 그 친구가 겪는 힘겨운 세계를 이해해 주는 것도 예술 행위다."

후배가 겪은 사건을 통해 비로소 위로가 예술이라는 에릭의 말을 이해할 수 있었다. 꿈에 부풀어 집을 나선 출근 첫날. 외아들이 빗길 교통사고로 떠났다. 친구를 위로한다며 그녀 집을 다녀온 후배들 얼굴이 씁쓸하다. 식음을 전폐하고 몸져누웠으리라 여겼는데 부엌살림을 꺼내 놓고 일을 하고 있었던 것.

천신만신에게 삿대질을 하며 대들고 싶은 심정. 이 절망감에서 벗어나기 위해 그녀가 할 수 있는 일이란 미친 듯 쓸고 닦는 일 외에 무엇이 있

었겠는가. 그렇게라도 버티고 있는 그녀를 이해할 수 없었다니!

일을 하는 것! 그것은 그녀에게 신경안정제였으며 절망에서 일어서려는 처절한 몸부림이었던 것을.

며칠 후 내가 갔을 때 잔디밭을 뒤엎고 있었다. 나는 말없이 주방에서 물 두 잔을 들고 나왔다. 잔을 받아든 그녀가 흐느끼기 시작했다. 한참 뒤 그녀가 쏟아 놓은 이야기다.

절망의 기슴에 희망을 에벌린 모건 1850-1919 영국, 1887

"많은 이들이 다녀갔어요. 그들의 진심을 왜 모르겠어요. 하지만 '더 울고, 더 아파야지' 하는 투로 들린 적도 없지 않았어요."

그녀가 인생을 통달한 모습으로 숲길 산책에 나섰다. 그녀를 일으켜 세운 것은 알량한 위로의 말이 아니었다. 새벽꿈에 나타나 미소를 머금은 평화로운 모습의 아들을 만난 후 가슴의 응어리가 눈 녹듯 녹아내렸다.

그녀의 이야기에서 알 수 있다. 위로의 말이 수다스러우면 오히려 상처를 헤집는 가시가 되는 것을. 은연중에 자기 행복에 안도하는 모습을 드러낼 수도 있어 그럴 것이다. 많은 일이 그렇지만 특히 위로는 어설픈 말보다는 침묵이 낫다.

이야기 둘 위로가 필요할 사람에게 쏟아지는 억측들

찰랑찰랑 넘치기 직전의 술잔. 일생이 이처럼 풍요롭다면 축복이다. 이런 행복감에 취하면 다가오는 불행의 징조를 느끼지 못한다.

그녀가 그랬다. 거짓말처럼 남편 사업이 잘 풀렸다. IMF가 기세등등했던 남편 날개를 꺾었다. 수습할 기력을 잃은 남편이 종적을 감췄다.

그녀 인생이 절벽에서 떨어지기 직전이었다. 그때 사실주의 선구자 프랑스 소설가 발자크의 말이 떠올랐다.

"인간은 열의를 잃을 때 비로소 죽는다."

하지만 아무리 열의를 가지려 해도 막막했다. 그때 유학중인 아들에게서 연락이 왔다. 힘들겠지만 기다려 달라는 아들 말에 정신이 번쩍 들었다. 아들을 만나기 위해 버티리라 다짐했다.

인생은 사건을 싣고 달리는 열차다. 사건의 충격을 이기지 못해 뛰어내리면 간이역에서 인생을 끝내는 비겁함이라는 소리가 귓전을 때렸다.

"노숙자가 될 처지였는데 문득 몸담을 쪽방과 생활비와 저축이라는 세 마리 토끼를 잡을 수 있는 일이 섬광처럼 스쳤어요. 입주가정부라는 직업이었어요. 어떻게 그런 생각이 떠올랐는지 지금 생각해도 참 신기해요."

그때 가장 힘들었던 것은 제삼자들의 억측이었다.

"마누라에게 한몫 챙겨 주었겠지, 들고튀었겠지…"

안 돼! 소문! 토마스 벤자민 케닝턴 1856–1916 영국

쏟아지는 억측을 견디는 것이 가정부 일보다 더 힘들었다며 그녀 목소리가 떨린다. 그녀 말을 듣고 있노라니 위로가 예술이기를 바란 또 한 사람, 앙드레 세브가 〈가을의 삶을 개척함〉에서 한 말이 떠오른다.

"어떤 고통 앞에서는 형제적 연민을 삭이면서 침묵하는 것이 가장 도움이 된다."

이야기 마무리 품격 높은 위로, 답은 우리 안에 있다

어느 날 후배가 전화를 했다. 회사에서 벌어진 사건을 이야기하는데 반 시간이 지나갔다. 그때 내가 한 말이라고는 이랬다.

"그랬구나, 많이 속상했겠네."

그녀가 수화기를 놓으며 말했다.

"이야길 들어줘서 고마워요."

오늘도 우리 옆에는 위로는 못할망정 상처에 소금 뿌리는 일만은 제발 멈춰 달라며 애원하는 이들이 있다. '벗이 이해받고 싶어 할 때 너는 어디에 있었느냐?' 위로가 내게 던진 질문이다.

> 헐벗은 이 앞에서 풍요를 노래하며
> 앓는 이 앞에서 건강을 자랑하며
> 가난한 이 앞에서 부자 편을 들며
> 저속한 말을 휘둘러 상대를 제압하며
> 낄낄댄 적은 없었는지?

이야기 30

그대 집은 지금 어떤 풍경인지요

덕이 없는 아름다움은 향기 없는 꽃이다.
―프랑스 격언

빨랫줄이 있는 집 에곤 실레 1890–1918 오스트리아, 1917

　고색창연한 한옥 기와지붕 위 한 포기 풀꽃의 경이로운 생명 찬가. 푸
른빛 도는 백자 접시에 올린 생선구이 옆에 얌전하게 앉아 있는 파슬리

한 잎의 절제된 단순미. 지친 영혼에 빛처럼 쏟아지는 한 줄 잠언의 신비로운 힘. 세월의 노련미를 품은 한밤 괘종시계의 현악기 울림. 어느 날 책갈피에서 떨어진 마른 꽃잎 위에 피어오르는 아련한 추억.

우리 영혼을 풍성하게 하는 것. 아름다움이다.

이야기 하나 아름다움에 대한 무관심, 가족을 해체시키다

인생에 있어 아름다움의 가치는 무엇인가? 이탈리아 심리학자 피에로 페루치가 〈아름다움은 힘이 세다〉에서 한 답이다.

"아름다움은 민주적이다."

아름다움은 남녀노소, 부자와 가난한 사람이 차별 없이 누릴 수 있는 햇빛 같은 것이다. 지위나 돈의 문제가 아니라 감수성의 문제다.

아름다움의 은총을 외면한 여인이 있다. 그녀 집 풍경은 그녀의 화려한 외출 차림과는 대조적이었다. 다용도실에는 세월에 찌든 플라스틱 그릇들이 널브러져 있고 화장대는 이삿짐을 풀어헤친 모습이다. 어느 날 지친 남편이 찾아왔다.

"이사도 싫다, 버리기도 싫다, 가사도우미도 싫다니 방법이 없잖아요. 그 집에서는 더 이상 숨을 쉴 수가 없어 회사 옆에 오피스텔을 얻었어요. 딸도 독립한대요."

혼자 남게 될 그녀를 부탁한다는 남편의 눈에 사랑의 잔영이 어른거렸지만 가족을 지키기에는 역부족이었다.

그녀에게 가사도우미라도 부르지 그랬느냐 묻자 어물거린다.

"어디서부터 손을 대야 할지 몰라서."

몬테카를로에서 잃어버린 것 페데리코 잔도메네기 1841–1917 이탈리아

그녀에게 방법이 없었겠는가. 친구와 어울려 희희낙락하는 사이에 빗물에 젖은 담벼락이 그녀 인생을 덮친 것이다. 미켈란젤로의 말이다.

"내 영혼은 지상의 아름다움을 통하지 않고서는 천국에 이르는 계단을 찾을 수가 없다."

이야기 둘 다락방을 허물자 햇빛이 넘실대다

깔끔한 성격의 남편이 "제발 정리 좀 하고 살자!"며 부탁했다. 그녀가 어디서부터 시작해야 할지 몰라 고민하고 있을 때 신문에서 정리수납자원봉사자양성에 대한 기사를 읽고 찾아갔다. 그곳서 강사로 활동 중인 고향 친구를 만난 것은 행운이었다. 그때 친구가 지적한 말을 지금도 기억하고 있다며 들려준다.

"정리정돈이란 한마디로 '버리기' 라 할 수 있어. 솔직히 말해 넌 버려야 할 걸 너무 많이 껴안고 사네. '아까워서, 언제 또 필요할지 모르니' 라는 말은 아직도 욕망의 다락을 허물 준비가 되어 있지 않다는 변명이야. 게으른 자들의 자기 위안이기도 하지."

오늘은 이 방, 내일은 다용도실. 그렇게 하루 한 곳씩 모두 쏟아 놓고 3년 이상 한 번도 사용한 적이 없었던 것을 들어내 버리라 했다. 누렇게 퇴색한 전집이 장식품이던 시절은 지났다 했다.

친구 말대로 빛바랜 전집들, 삐걱거리는 책장까지 들어내자 거짓말처럼 집안이 밝아졌다. 정리정돈된 그녀 집을 들어서는데 떠오른 금언이다.

'작지만 정결한 것은 큰 것이요, 크지만 불결한 것은 작은 것이다.'

이야기 마무리 집이 정결해야 하는 이유

집이 정서적으로 안정감을 주는 공간일 때 가족의 사회생활 또한 진취적이 된다. 이 일이 왜 주부만의 책임이냐고 묻는가? 독일의 비평가 고트홀트 레싱의 말이다.

"여자는 아름다울수록 더욱 정결해야 한다. 여성은 정결에 의해서만 자신의 아름다움이 낳는 위험한 해악에 대항할 수 있다."

정결! 우리는 '깨끗하고 깔끔하다' 는 뜻의 이 말에서 아름다움에 대한 여성들의 감성 없이는 가족의 행복은 지킬 수 없다는 사실을 알게 된다. 집이 단정한 아름다움이라야 하는 것은 그 아름다움 안에서만 영혼이 꿈을 꿀 수 있기 때문이다.

바느질하는 여인 칼 빌헬름 홀쇠 1863-1935 네덜란드

　단순한 아름다움은 인간의 생각을 고결하게 하며, 소박한 아름다움
은 인간의 가치관에 깊이를 더해 준다.

　미국 플로리다대학을 비롯한 6개 대학 공동연구팀이 미혼 남녀 5,541
명을 대상으로 한 조사에서 1위를 차지한 내용이다.

　"게으르고 단정치 못한 사람은 연애와 결혼 상대로 싫다."

　가난해도 단정한 사람에게서는 내일을 기대할 수 있지만 너절한 부
자는 가진 것마저 잃게 되리라는 뜻이다.

　딸은 엄마를 닮는다 했다. 주부들은 자신을 돌아보며 물어야 한다.

　"지금 우리 집은 정결한가?"

당신이 먹고 있는 약, 독인지도 모른다

하나의 신경증은 하나의 성난 신이다.
—칼 융

토론 헨리 윌슨 와트루스 1857–1940 미국, 1900

나는 지금 나와 마주앉아 '약은 독이다'라는 말을 해야 하나, 말아
야 하나로 토론 중이다. 신문 기사 제목 때문이다.

〈한국인, OECD 국가 중 병원 제일 자주 간다〉

〈노인 약 복용, 이대로 좋은가?〉

신문 기사에 따르면, 72세 주부가 매일 열두 가지 약을 먹고 있다. 우리나라는 열 명 중 여덟 명이 다섯 종류가 넘는 약을 먹고 있다. 영국인의 여섯 배다.

약을 많이 먹을수록 치매 위험이 높다니 더 이상 미룰 일이 아니다. 그런데도 선뜻 나설 수가 없다. 저들이 몰려와 던질 돌팔매를 감당할 자신이 없다. 이때 〈위험한 제약회사〉의 저자 피터 괴체를 만났다.

"유감스럽게도 오늘날 우리는 인간이 만든 두 가지 유행병 때문에 죽어 가고 있다. 바로 담배와 처방약이다. 약은, 심장질환과 암에 이어 주요 사망 원인 3위다."

오백 쪽짜리 책을 읽는 내내 '약은 독이다'라는 말이 눈앞에서 어른거렸다. 스위스 의화학자(醫化學者) 필리푸스 파라셀수스가 말했다.

"독성이 없는 약은 없다. 올바른 양이 독이냐 약이냐를 결정한다."

이야기 하나 약이 살인범이라고? 공범을 찾아 길을 나서 보니

왜 우리는 독일 수도 있는 약에 이토록 의존하는가? "약을 먹고자 하는 욕구는 인간과 동물을 구분 짓는 가장 큰 특징이다." 영국 의학자 윌리엄 오슬러의 말이다.

짧은 시간에 평균수명을 100세 시대에 올려놓는데 기여한 의료계와 제약계의 노고는 치하받아 마땅하다. 하지만 그들이 만에 하나라도 약에 대한 인간의 욕구를 부추기고 있다면? 그런 일은 없겠지만 세 가지 문제, 항정신병 치료제와 비만 치료제와 과다 복용에 대해서는 모른 체

할 수가 없다. 히포크라테스의 말이다.

"인간은 몸 안에 100명의 명의를 지니고 태어난다. 의사의 역할은 이 명의들이 활발하게 활동할 수 있도록 환자를 돕는 일이다."

우리 몸 안 명의를 다른 말로 표현한 의학용어가 있다. 병이 저절로 사라진다는 뜻의 '자연완화'다. 자연완화의 치유력을 믿지 않고 엉뚱한 약을 복용하다 고생한 선배 이야기다.

의사와 의견을 달리하다 스테이시 마크스 1829–1898 영국

여고 동문회장인 선배가 임원회의에 나오지 못해 병문안을 갔더니 몸을 가누지 못한다.

"친구 권유로 정신과를 다녀오신 후부터 저러세요."

딸의 목소리에 원망이 서려 있다. 독감으로 기력을 잃은 지 한 달여. 몸이 말을 듣지 않자 짜증이 난다. 얼핏 보면 우울증이다. 하지만 선배는 활동적인 분이라 우울과는 거리가 멀었다. 선배를 설득해 약봉지를 들고 내과전문의를 찾아 자초지종을 얘기했더니 당장 약을 끊으라 한다. 약을 끊고 보양식으로 기력을 회복해 원래 모습을 되찾았다.

몸도 마음도 약해진 환자는 의사에게 매달린다. 하지만 오진이 15%에 이른다. 정신과 진료의 오진은 이보다 훨씬 높을 것이다. 피터 괴체에 따르면 정신과 진료는 이현령비현령이라 그렇다.

우울증 환자에게 최선의 약은 보살핌이다. 이를 묵살하는 의료진이 못마땅한 괴체가 가만 있을 리 없다. 제약사까지 싸잡아 공격이다.

"보살핌이 필요한 환자에게 알약을 먹이는 정신의학이야말로 제약회사에게는 지상낙원이다."

이야기 둘 약에 의존하는 노인과 날씬병 여성들의 현주소

비만 치료제 부작용 중 가장 큰 사건은 1960년대 유럽에서 수백 명이 사망한 후에야 회수된 아미녹사펜 사건이다. 이 사건 후에도 날씬하기를 열망하는 여성들이 많아 비만 치료제들이 쏟아져 나오고 있다.

우리나라에서 일어난 비만 치료제 피해 사례다. 신혼인데 딸이 먹었다 하면 토한다. 부모들은 임신이라 기뻐했는데, 결혼 전에 복용한 비만 치료제로 인한 거식증이었다.

이탈리아 풍경, 돌팔이의사 카렐 듀아르딘 1622–1678 네덜란드

시집에는 자연유산이라 둘러대고 치료에 매달렸지만 허사였다. 이처럼 비만 치료제의 부작용이 계속되고 있는데도 여전히 호황을 누리고 있다. 왜일까? 이 물음에 대한 괴체의 답이다.

"제약회사가 약을 파는 게 아니라 약에 대한 '거짓말'을 팔고 있기 때문이다."

이 병원, 저 병원을 찾아다니는 사람을 '의료쇼핑꾼'이라 한다. 제주도가 밝힌 의료쇼핑 사례다. 병원과 의원을 바꿔 가며 1년에 630회 6천 일분의 약을 처방받은 사람이 있는가 하면 의료기관 열세 곳에서 574회 진료, 1863일분 약을 타낸 사람도 있다.

이분들 연령이 궁금하다. 65세 이상 노인 700만 명이 5천만 국민의 의료비 반을 쓰고 있어서다.

경제협력개발기구(OECD) 통계에 따르면, 2013년 1년간 우리나라 1인당 외래진료 횟수가 회원국 평균 6.7회의 두 배인 14.6회로 6년째 1위다. 이런 실정이라 가짜 건강식품 피해가 2013년 320건에서 2015년 512건으로 늘었다.

"이곳이 푹푹 쑤시지요?"

가짜 건강식품을 들고 온 약장사가 서러운 마음을 긁어 주니 탄복한다. 이때다 하고 3만 5천원짜리 건강식품을 49만 원에 팔아 1억이 넘는 이득을 챙긴 사기꾼도 있었다.

이야기 마무리 운동이 최고의 보약인 것은 맞는 말이지만

경제협력개발기구가 '주관적 건강상태'를 조사한 내용이다. 15세 이상 한국인 중 자신은 건강하다고 응답한 비율이 35.1%다. 회원국 평균 69.2%의 절반이다. 사소한 통증에도 두려움에 떠는 심기증(心氣症) 환자가 얼마나 많기에 건강불량국가 순위 1위에 올랐을까?

건강염려증이 심해지면 약물치료와 심리치료를 함께 받아야 한다니 심각한 병이다. 우리 몸에서는 매순간 수백만 개 세포가 죽고 수백만 개 새 세포가 만들어진다. 이 사실을 믿기만 해도 병원 출입 횟수를 줄일 수 있으련만.

건강에 좋다며 뒤로 걷다 넘어져 대퇴골 수술을 받은 할머니. 피를 맑게 한다며 물구나무서기를 하다 쓰러져 입원한 할아버지. '다람쥐 친구' 흉내를 내다 가파른 산길에서 떨어진 중년 이야기 등. 우리 주변에는 이런 스산한 이야기들이 널려 있다.

자전거 타는 여인 페데리코 잔도메네기 1841-1917 이탈리아, 1896

　운동이 최고의 보약인 것은 맞는 말이다. 하지만 지나친 근력운동은 오히려 역효과를 불러온다. 면역세포가 줄어들고 스트레스 호르몬이 증가하며 근육이 녹아내리기도 한다. 운동만이겠는가. 아무리 좋은 약도 과다 복용하면 독이 된다.

　"나에게 효과가 있으니 너에게도 좋지 않겠어."

　그런 약은 없다. 만인의 모습이 만 가지이듯 사람의 생체인식도 만 가지라 그렇다. 인간 잠재력의 극대화를 강조하는 저술가 밥 프록터의 말이다.

> "정서가 건강한 사람의 몸에서는 질병이 살아남지 못한다."

하버드대 행동과학연구소와 보스턴보건대학연구팀이 함께 여성 환자 7만여 명의 진료자료를 분석한 내용이다.

"낙관적인 여성이 그렇지 않은 여성보다 사망률이 30% 낮았다."

긍정적인 생각이 좋은 약이라는 이야기다. 그러니 약은 죄가 없다. 약국이 즐비한 남대문시장을 지나는데 문득 찾고 있던 답이 떠올랐다.

약은 죄가 없다.
지나치게 약에 의존하는 우리 잘못이니
약에게 독의 누명을 씌우지는 말자.

그대가 지금
양손에 다른 이름의 약을 들고 있다면
약과 독의 경계선에 서 있는지도 모른다.

정신세계의 신비
긍정의 힘을 믿으면
우주의 선한 영이
기적의 이름으로 찾아오리니
질병이 설자리를 잃고 떠나가리라.

6. 우정

장미화관 쥘 스킬베르 1851~1928 프랑스

여자에게 친구는 누구인가

친구를 가져라. 친구는 제2의 삶이다.
―그라시안

차 마시는 시간 앨버트 린치 1851–1912 페루

이 시대가 어디로 달리고 있는지 알기로 결심했다면 영화 〈부리짓 존스의 베이비(Bridget Jones's Baby)〉에 초대하겠다.

아기 아빠가 누군지도 모른 채 임신한 미혼녀 딸이 아버지를 찾아와 고백하자 아버지가 딸을 격려하는 장면이다.

"나도 네가 내 딸인지 의심스러웠지만 너의 출생을 기뻐했어."

아버지 인생에서 그때의 선택이 최고였던 것처럼, 이 아기도 딸 인생에 최고의 선물임에 틀림없으니 기뻐하자는 70대 아버지의 감동적인 축하 장면이다.

대책도 없이 아기를 낳겠다는 올드미스의 고집과 아빠가 되기는 늦은 나이의 두 남자가 서로 자기가 아빠라며 우기는 모습에 감탄을 멈출 수가 없다. 실직자가 될 그녀에게 힘을 보태는 동료와 좌충우돌 횡설수설을 끝까지 들어주는 친구가 없었어도 사십대 미혼모 되기를 고집할 수 있었을까?

세상이 어디로 가고 있는지를 보여 주는 개방주의자들. 인간미 넘치는 이들의 우정에 놀라 여자에게 친구는 누구인가 묻게 된다.

이야기 하나 꽃잎 떨어지기 전의 장미 향기는 위험하다

우정의 발전사를 꼼꼼히 훑어본 메릴린 옐롬이 〈여성의 우정에 관하여〉에서 한 말이다.

> "결혼 이전과 결혼생활 도중 그리고 결혼이 깨진 후에도 그 틈새를 메워 주는 것은 친구들이다."

여자 우정은 삶에 풍미를 더해 주는 운문 같은 것이다. 이처럼 우정은 오월의 연두색처럼 풋풋하고 향기로운 것인데 가짜 우정이 나타나 상처를 입히는 일도 없지 않다. 가짜 우정과 진짜 우정의 구별은 어려운

가? 이 물음에 답이 될 이야기다.

그녀에게는 잊을 만하면 찾아오는 대학 동기가 있었다. 일확천금이 쏟아지는 계획을 들고 온 적도 있었다. 그녀가 흔들리지 않자 발길을 끊었다. 소식 감감한 지 수년, 정권이 바뀌자 바람처럼 달려왔다. 영부인 이름으로 해외 봉사단을 구상 중이니 이사장직에 앉으란다. 땅 짚고 헤엄치는 대박을 들고 온 셈이다.

유월의 장미와 벌레 에바 곤잘레스 1849~1883 프랑스, 1872

"막 은퇴한 때였으니 흔들리지 않았다면 거짓말이죠. 허황된 꿈을 꾸는 사람일수록 강직하게 살아온 사람의 이름을 필요로 하잖아요. 가시를 숨긴 장미 다발을 들고 왔는데 기회를 놓치지 말라며 등을 떠미는 친구도 있었어요."

아니나 다를까, 그녀 대신 장미 다발을 덥석 안은 이가 가시에 찔려 응급실로 실려 갔다는 소식이 들려왔다. 그녀의 충고다.

"꽃은 떨어지기 직전의 향기가 가장 매혹적이지요. 향기가 진동하면 일단 의심부터 해야 해요."

권력과 금력이 야합하면 막강한 세력이 된다. 18세기 프랑스 작가 볼테르가 〈불온한 철학사전〉에서 한 말이다.

"야망의 위대함과 권력에 대한 열정은 동서고금을 막론하고 온갖 범죄와 얽히곤 했다."

이야기 둘 왜 '소울메이트'가 필요한가?

미국이 여성참정권 100주년을 기념하여 10달러 지폐에 여성 초상화를 넣기로 했을 때 32대 루즈벨트 대통령 부인 엘리너 루즈벨트가 후보에 올랐다.

물론 영혼 깊은 곳에 고통을 춤으로 승화시킬 나무 한 그루 키우고 있었지만, 친구가 없었다면 그녀 이름은 역사의 뒤안길로 사라졌을 것이다. 그녀가 말한다.

"내 인생에서 우정보다 더 소중한 경험은 없었다."

남편의 불륜을 알고 헤어지려 하자 시어머니가 압력을 가해 왔다. 헤어지기만 하면 당장 경제적 지원을 끊겠다는 것이다. 그녀가 결별을 선언하면 남편의 정치 인생은 끝나는 일이었다.

절망과의 외로운 싸움. 그때 그녀 손을 잡고 더 넓은 세상으로 이끈 친구가 있었다. 이런 친구를 영혼의 벗, 소울메이트라 한다. 소울메이트의 소중함을 강조한 정신과 의사 브라이언 와이스의 말이다.

"우리는 진정한 소울메이트를 매일같이 만나는 것이 아니다. 한 생애에 한 사람이나 많아야 두세 사람 정도를 만날 수 있을 뿐이다."

징검다리 건너기 토마스 브룩스 1818-1891 영국

사람과 사람 사이에서 가장 중요한 것은 뜨거운 것이 아니라 지치지 않는 것이라는 말이 있다.

유쾌한 친구라야 지치지 않는다. 유쾌함의 조건은 사심 없음을 말한다. 어느 한쪽이 가짜 우정일 때는 등뒤에 장사꾼의 이중장부 같은 마음이 숨겨져 있어 금방 지치게 된다. 진정한 우정에 왜 복식부기가 필요하겠는가.

이야기 마무리 깊은 가을밤 편지를 띄울 친구가 있다면

미국 매사추세츠공대 미디어랩이 우정에 대한 논문을 발표했다. 일방적으로 한쪽에서 우정이라 우기는 '짝사랑 우정'이 반 이상이었다니 놀랍다. 그 이유에 대한 설명이다.

"명망 있고 영향력 있는 사람과 친분을 맺고 싶은 것은 인간 본능에 속하는 출세주의 때문이다."

그래서일까? 유난히 유명 인사 이름을 들먹이는 이가 있다. 아무개 정치인이 남편의 동문이라거나, 아무개 기업인이 친구의 남편이라는 등. 그런 관계가 바로 '짝사랑 우정'이다.

친구와 그대 사이를 두고 주위에서 수군거리는가. 침착하게 돌아보고, 냉정하게 정리할 때가 온 것을 알리는 경고음이 울린 것이다. 지체 없이 짝사랑 우정이 아닌지 점검해 보아야 한다. 〈멋지게 나이 드는 법〉에서 도티 빌링턴이 강조한다.

"자신에게 부정적인 영향을 미친다면 그 관계를 그만둘 때가 온 것이다."

가을 숲길 한스 브렌데킬데 1857~1942 덴마크, 1902

　만나는 사람마다 세월이 쏜살같이 달아난다며 불만이다. 나도 영화 〈다가오는 것들(Things to Come, L'avenir)〉을 보기 전까지는 그랬는데 세월은 서서히 다가오는 것이기도 했다.

　결혼 20주년을 맞은 나탈리는 고등학교 철학 교사다. 삶에 대한 열정과 중산층 행복을 양손에 든 꽃중년이다. 그녀는 동동거리며 사느라 세월이 다가오며 던지는 경고음을 듣지 못한다.

　남편이 연인에게로 떠날 시간이 다가오는 것을 눈치채지 못한다. 애틋하게 다가온 제자였기에 떠나는 그의 뒷모습을 바라보며 비감에 젖을 날이 오리라고는 상상도 못한다. 그러는 사이 딸은 결혼해서 떠나고 아들은 성인식을 치르고 떠났다.

　모두 떠났다. 그토록 갈망한 자유! 느닷없이 찾아온 자유 앞에서 찻집에 마주앉을 친구가 없어 나탈리가 혼자 길 위에 서 있다. 오늘도 앞만 보고 달리는 우리 또한 제2, 제3의 나탈리가 될 수 있다.

깊어 가는 가을밤 편지를 띄울 친구가 있다면 그대는 길 위에서 망연자실한 나탈리가 되지는 않을 것이다.

중천에 보름달 떴으니
그대가 피리를 불며 오려는가

내 연당(蓮堂)을 붉게 물들이던
찬란한 일출의 춤이던 그대

눈물을 진주로 반짝이게 하던
꽃반지 약손이던 그대

그대는
내 찻잔에 피어오르던
노란 국화꽃 향기였던 것을.

이야기 33

그대에게 멘토는 있는가

가장 훌륭한 축복은 유쾌한 친구다.
— 호라티우스

장님놀이 프란시스코 고야 1746~1828 스페인 1789

연세의대 교수팀이 여자 1,846명을 대상으로 조사한 내용이다. 골다
공증에 걸릴 확률이 위험수위 80%까지 오른 여성이 있었다. 친구가 많
은 여성이었다. 반대로 몇몇 친구와 우정을 나눈 여성은 30~45%로 낮
았다. 친구가 많으면 스트레스 받을 일이 많아서 그렇다.

이 사실을 확인시켜 주는 후배가 있다. 그녀는 소녀 시절부터 친구에 둘러싸여 지냈다. 그랬던 그녀가 친구 이야기를 하던 중 자책이 심하다. 아마도 위로할 말이 떠오르지 않아 난감했던가 보다. 하지만 그녀 생각처럼 멘토 인생, 멘티 인생이 따로 있는 게 아니다.

이야기 하나 어떤 친구가 보약 같은 친구인가?

멘토란 말이 생긴 유래다. 〈오디세이〉의 주인공 오디세우스가 트로이 원정을 떠나며 어린 아들과 집안일을 부탁한 친구 이름이 멘토르(Mentor)였다. 인생의 조언자였던 이 사람 이름을 빌려 영어로 멘토라 부른 것이다. 멘토에게 조언을 구하는 이가 멘티(mentee)다. 누가 한 말이던가?

"멘토가 되는 것은 예술가가 되는 것과 같다."

인생은 자기만의 언어로 쓰는 한 편의 서사시다. 이런 의미에서 우리 모두 예술가다. 그러니 누구나 멘토가 될 수 있다.

살아가면서 만나는 수많은 만남 가운데서 멘토를 만나는 일은 장님 놀이에 비유할 수 있다. 앞이 캄캄한 적이 있었는가. 그때 누군가의 이름이 떠올랐다면, 그때 등불을 들고 다가오는 친구가 있다면 그대는 멘토를 둔 행운아다.

가장 이상적인 멘토는 친구라 한다. 100개국 27만 1천여 명을 조사한 미국 미시간주립대학 연구진이 밝힌 내용이다.

"가족보다 우정이 건강과 행복감에 더 좋은 영향을 미친다. 우정은 나이가 들어감에 따라 훨씬 더 중요해진다. 좋은 친구가 몇이냐에 따라 건강과 행복에 엄청난 차이를 만든다."

실토 제임스 티소 1836-1902 프랑스, 1867

친구는 세 종류가 있다고 한다. 음식같이 매일 필요한 사이. 보약처럼
가끔 만나는 것이 좋은 사이. 질병 같아 피하는 것이 좋은 친구 등.

이야기 둘 가면무도회는 즐겁지만 그곳에 멘토는 없었다

정보시대의 사교계에 대한 이야기다. 바로 '작은 새가 쩍쩍거리는 소
리'를 뜻하는 트위터 놀이터다. 이곳을 누비고 다니는 후배의 성화다.

"아직도 트윗 안 하세요. 확실하게 띄워 줄 수 있는데."

그녀 말처럼 그곳이 끼리끼리 띄워 주기도 하고 자빠뜨리기도 하는
곳이라면 글쎄다. 어느 날 그녀가 상기된 얼굴로 찾아왔다.

"중견화가인 고향 후배가 트위터로 등장했어요. 고향의 자랑이니 매일 출근 도장을 찍으며 팔로워로 뛰는 건 당연한 일이지요."

그랬던 그녀가 몇 달이 지나도 후배의 반응이 없자 고향 선배에 대한 예의가 아니라며 투덜댄다. 혼잡한 출퇴근 시간 전철역 개찰구를 닮은 그곳에서 추종자 이상의 관심을 기대했다니 순진한 것인가.

인간관계는 감정관계다. 트위터 세계는 감정을 숨긴 가면무도회를 닮았다. 가면무도회는 몸짓으로라도 상대의 감정을 짐작할 수 있지만 거기에는 이마저도 허용되지 않는다. 혼자 문자판을 두들기며 춤을 추다 넘어진 아픔을 벌써 잊었는지 오늘도 내 등을 떠민다. 그녀의 집요함을 멈추게 할 묘수를 찾아 길을 나섰다.

도움 하나 "트위터로 시간을 보내는 것은 인생의 낭비다. 인생에는 더 많은 일을 할 수 있으니 차라리 독서하길 바란다."

맨체스터 유나이티드 축구팀 감독 알렉스 퍼거슨의 말이다. 이 말에 "나는 하루 세 시간 이상 트위터를 즐긴다. 그 세계의 유익을 알기나 하느냐"며 댓글을 단 중년 남성의 반론에 놀란 적이 있다.

무엇이 유익한가는 각자의 취향이다. 140자 단타(短打)에서 멘토를 만날 수 있을까? 이렇게 의심하는 것은 내 취향이다.

도움 둘 두 사람은 열악한 형무소 생활 중에도 무지렁이들의 영혼을 깨우는 일에 열정을 쏟는다. 그러던 어느 날 선배가 사형장으로 끌려가며 후배에게 묻는다.

"나를 기억해 주겠나?"

후배가 젖은 눈으로 그러겠노라 약속하자 선배가 고맙다며 한 말이다.

"누군가 날 기억해 주면 죽어도 죽은 게 아니라네."

영화 〈대장 김창수〉의 한 장면이다.

가면무도회 질 빅토르 클래랭 1843-1919 프랑스

　인간관계는 기억의 관계다. 내가 너에게 기억의 바통을 넘기면 너는
또 다른 사람에게 넘기는 기억의 계주경기다. 이 계주가 이어져 인류 문
명이 발전한 것이다.

　그러니 하루 세 시간을 팔로워에 투자하는 장년의 말도 맞다. '재잘
거림'에 세 시간을 투자하는 것은 인생의 낭비라는 퍼거슨의 말도 맞
다. 하지만 구세군 창시자 윌리엄 부스의 말이 눈길을 끈다.

"사람들은 명예 황금 등에 희망을 두지만 그래도 나의 큰 희망은 사람에 있다."

이야기 마무리 황혼의 그대, 지금 누구와 함께인가요

전문직 여성으로 성공한 그녀의 은퇴 청사진은 화려했다. 직장 스트레스에서 벗어나 인생을 즐기리라는 꿈에 부풀어 있었다. 하지만 세상 인심은 냉혹했다. 직함 하나 내려놓은 것뿐인데 그 많던 선망의 시선은 어디로 사라졌는지 우두커니 혼자다.

이건 아니다 싶어 페이스북의 문을 두드렸다. 세계를 연결시켜 주는 페이스북의 매력에 빠져 고개를 파묻고 있었던 그녀가 종적을 감췄다. 그녀 소식을 잊고 지낸 어느 날 음악회에서 만나다니! 반가움에 잡은 손을 놓지 못하는 내게 그녀가 들려준 자초지종이다.

목이 아파 병원엘 갔더니 '일자목병'이다. 페이스북 매력에 영혼까지를 던진 것에서 온 병이었다. 페이스북에는 새들의 재잘거림뿐 진심어린 우정은 없었다.

플라스틱 인간관계에 그토록 열광했다니 허망했다. 자괴감을 주체할 길 없어 곧장 암자로 달려갔다. 거기서 만난 불교음악에서 영혼의 구원을 얻었다.

구름만 그린 화가가 있었다. 구름의 너울춤에서 천국의 위안을 얻었으리라는 깨달음. 나비만 채집한 곤충학자가 있었다. 나비의 날갯짓에서 영원을 보았으리라는 깨달음. 스마트폰을 버리고야 깨달았다는 그녀의 감동적인 혜안이다.

"신은 인간의 친구로 만물을 빚었을 거야. 향기로운 차와 흐르는 음악과 꽃들의 미소. 나는 이들과 나누는 우정으로 행복해."

살구 앨버트 조셉 무어 1841-1893 영국, 1886

그녀 말을 듣고 있노라니 〈로마제국의 흥망사〉를 쓴 에드워드 기번
의 말이 떠오른다.

"풍향과 파도는 언제나 가장 능력 있는 항해사 편이다."

그녀야말로 좌초 직전에 뱃머리를 돌린 능력 있는 항해사였다. 우리는 각자 자기 인생을 책임져야 할 항해사다. 페이스북에 코를 박고 인생을 끝낼 것인가, 넓은 바다에 배를 띄워 진주를 건져 올릴 것인가?

그녀의 항해술은 평범한 사람에게는 버겁다. 길목마다 잠복한 크고 작은 사건들, 그게 삶인지라 우리에게는 인생의 조언자, 멘토가 필요하다. 뉘엿뉘엿 황혼이다. 누구와 함께 떠나야 평온의 섬에 도착할 수 있을까. 지혜로운 현자에게 조언을 구했다.

조언 하나 배가 가라앉을까 두려우니 승객 수를 줄여라.
조언 둘 말 많은 사람은 태풍을 몰고 다닌다.

'행복하기를 원하면 향기로운 사람 옆으로 가라'는 말이 있다. 그래서 묻는다. 그대 옆에 지금 향기로운 친구, 멘토가 있는가?

한눈 팔 때도 있느니
돌아오기를 기다리는 친구가 있다면
황홀한 축복이리

비바람 사나운 새벽
젖은 가슴으로 찾아갈 멘토가 있다면
감사할 은총이리.

친구 사회의 일원이 되려면

이해관계에서 진정한 우정은 자라기 어렵다.
—닉 레버

뜨개질하는 여인들 베른하르트 구트만 1865-1936 미국, 1912

평균연령이 높아지면서 건강이 행복의 첫째 조건으로 거론되고 있다.
여자의 노년 건강을 위해 무엇이 필요한가? 하버드대학 간호사건강연

구회가 내놓은 답이다.

"나이가 들면서 친구가 있는 여성은 건강에 문제가 생길 확률은 낮고, 인생을 즐겁게 살 확률은 높다. 마음을 열 만한 친구가 없는 것은 흡연이나 비만만큼 여성 건강에 치명적이다."

영국 격언에 '우정은 인생의 포도주'라는 말이 있다. 좋은 친구는 건강의 필수품인 비타민 같은 것이라는 뜻이다. 하지만 모든 친구가 비타민일 수는 없다.

즐거운 대화가 있고 유익한 정보가 있고 따뜻한 위로가 있는 곳. 친구 사회는 열매가 풍성한 가을 농원을 닮았다. 누가 이런 사회에 속할 수 있는가? 〈불온한 철학사전〉에서 볼테르가 말한다.

"우정은 남의 마음을 헤아릴 줄 아는 덕스러운 사람들 사이에 맺어지는 암묵적인 계약이다."

이야기 하나 우정의 조건 품위에 대하여

아무리 가까운 친구 사이라도 품위를 지켜야 한다. 품위는 '사람과 사람 사이를 끈끈하게 이어 주는 기품(氣品)이나 위엄'이다. 이 기품과 위엄은 생명을 소중히 여기는 마음이며 타인을 배려하는 마음이다. 때문에 품위를 잃으면 우정도 흔들린다.

그녀가 모임에 나오면 분위기가 가라앉는다. 자식 자랑으로도 모자라 손자 손녀 자랑까지 보탠다. 손녀가 학급 글짓기에서 칭찬받은 것을 가지고 그날따라 더욱 수다를 떨었다.

그녀 입을 다물게 하려고 친구들이 한턱내라며 몰아세우자 마지못해 승낙했을 뿐 약속을 잡지 않고 헤어졌다.

쓸쓸한 티파티 장 만하임 1861-1945 독일 출신 미국 화가, 1916

　모두들 그녀답다고 여겨 잊었다. 아마도 그날부터 곰곰 생각했던 모양이다. 일방적으로 날짜와 장소를 정해 알려 왔다. 하필이면 가족 모임이 많은 토요일에 찾아가기 번거로운 그녀 동네 뒷골목 음식점이다.
　한 사람도 얼굴을 내밀지 않았다. 적게 참석하기를 바란 꼼수를 눈치 챈 것이었나? 이때의 전원 불참은 그녀를 소중한 친구로 여긴 사람이 한 사람도 없었다는 이야기다. 우두커니 앉아 몇 푼 아끼려다 친구 사회에서 버림받았다는 사실을 깨닫기나 했을까?

이야기 둘 품위는 공정하다

 가족사를 한 꺼풀 벗기면 누구에게나 크고 작은 아픔이 있다. 상처는 감춘다고 감춰지는 것이 아닌데 그녀는 화려한 치장이면 품위 있어 보이리라 생각했는지도 모른다. 그녀가 명품 차림으로 모임에 나오면 그녀 가족사를 아는 친구는 슬픈 눈으로 바라보게 된다. 친구가 그런 시선으로 보게 된 사연이다.

 그녀는 대형 아파트에 산다. 그러면서 중년에 이른 소아마비 딸을 변두리 쪽방에 방치하고 있다. 고달픈 딸의 처지를 아는 친구가 어렵게 입을 열었다.

 "아들네가 분가해 집도 휑할 테니 딸을 데려오지 그러니."

 친구 말이 끝나기가 무섭게 그녀가 발작을 일으키며 내뱉은 말이다.

 "게는 내 인생의 악성종양이야."

은행가와 그의 아내 마리우스 레이메르발 1490–1567 벨기에

그 순간 그녀의 명품 치장이 길거리 좌판 옷보다 더 싸구려로 보였다. 이처럼 한순간에 저속한 모습을 밝혀내는 것이 품위의 위력이다.

품위는 눈이 밝아 무슨 꿍꿍이든 꿰뚫어 본다. 품위는 공정하여 재력이나 권력에 휘둘리지 않는다. 품위는 기다려 주지만 언제까지고 기다려 주지 않는다.

더 이상 기다려 줄 가치가 없다고 판단되면 크고 작은 사건을 일으켜 위장된 품위의 너울을 가차 없이 벗긴다.

한담 페데리코 잔노베네기 1841-1917 이탈리아

이야기 마무리 부유함으로는 품위를 지킬 수 없다

현찰 수십억 부자인 친구가 있다. 택시를 불러 주겠노라 해도 한사코

마다한다. 전철역을 향해 뒤뚱거리며 걸어가는 모습을 보는 일은 괴롭다. 어느 책에서 읽었던 구절이 떠오른다.

'친구 사이에서 신뢰를 잃는 일은 순간에 일어나지만, 되찾는 일은 평생 걸린다.'

친구 사이만이겠는가. 모든 인간관계가 그렇다.

스산한 초겨울, 말린 산나물을 놓고 딸이 손님을 기다려 온 할머니 앞에 화려한 스카프를 두른 여인이 끝전을 깎으려 흥정 중이다. 지금 그녀의 품위는?

품위는 돈의 문제가 아니라 심성의 문제다. 누군가를 친구라 말할 수 있으려면 어느 정도의 심성이라야 할까?

긴긴 봄날 화전을 빚어
외로운 친구를 찾는 마음
골목길 낙엽을 쓸며
달동네 친구를 걱정하는 마음

눈 내리는 겨울밤
길 떠난 친구 소식을 기다리는 마음

이 정도 그리움이면 친구라 할 수 있으려나.

보호받고 있다는 느낌.
이것이 어린 시절의 행복이다.
그것은 천상의 행복이기도 하다.

—G. 세스브롱

7. 자녀

수호천사 빌헬름 카울바흐 1804–1874 독일

엄마 사랑, 하늘같이 높았는데

사랑은 하늘과 땅 사이를 이어 주는 점이다.
─까를로 까레또

어린이의 행운천사 피에르 부이용 1776~1831 프랑스, 1801

〈엄마 찾아 삼만 리〉. 무명 홑바지저고리에 짚신을 신고 아버지 노름 빚에 팔려간 엄마를 찾아 길을 나선 소년 이야기다.

이 소년에게 엄마는 누구인가. 가을 저녁 창호지에 어른거리는 호롱 불처럼 애틋하고 정감어린 이름. 소년의 엄마 그리움은 이 정도 표현으로는 어림도 없다. 유대인이 탈무드에서 말한다.

> "하느님은 언제 어디에고 있는 게 아니다. 그래서 하느님은 인간에게 어머니를 만들어 주셨다."

이야기 하나 죽으려던 용기로 무엇을 못하랴

요즘이라 하여 아버지 노름빚에 팔려간 엄마처럼 불가항력의 날벼락에 쓰러지는 엄마가 없겠는가. 아이들과 함께 삶의 끈을 놓았다는 소식이 들릴 때마다 그녀의 목소리가 되살아난다.

"사람들은 생각하지요. 가족의 동반자살은 막다른 골목에서 찾아낸 마지막 방법이었을 거라고요. 아니에요. 제 경험인데 가장 가까이에 있는 가장 손쉬운 방법이었어요."

동업자의 잠적으로 남편이 경제사범으로 수감되자 무일푼으로 길바닥에 나앉을 신세가 되었다. 삶을 마감하는 길밖에 없었다. 그때 엄마 생각이 어디로 향하고 있는지를 눈치챈 딸이 교환학생으로 떠나려 저축해 온 통장을 내밀며 말했다.

"휴학계를 냈어요. 가정교사로 입주하게 되었으니 동생 학비는 제가 책임질 게요. 친구 외갓집 사랑채가 비어 있다니 동생과 함께 시골로 내려가면 그분들이 일자리를 찾아 줄 거예요. 내일 면회 가서 아버지께 이 사실을 알려야 해요."

세상물정 모르고 지내온 자신이 부끄러웠다.

"딸은 제가 시골로 내려가길 거절할 줄 알았던 거죠. 평소 딸의 눈에 비친 제 삶이 그랬으니까요. 그때 아이들과 함께할 수만 있다면 죽으려던 용기로 무슨 일을 못하랴 싶었어요."

목장에서 쥘리앙 뒤프레 1851–1910 프랑스, 1883

익숙함을 포기하기는 쉽지 않다. 혁명 전야의 스산한 밤처럼 두려움
이 엄습해 오기에 그렇다. 하지만 사느냐 죽느냐의 선택 앞에서 머뭇거
릴 시간이 없었다. 그녀에게 시골은 생각보다 낯설었다. 여기저기 쑤시
고 결리는 시간을 견뎌 낸 것이 몇 해였던가. 흙의 정직함이 눈에 들어오
자 그때야 워즈워스의 말이 가슴에 살아났다.

　　"자연이 그대 스승이 되게 하라."

절망에 빠진 모든 이에게 노동 후의 기쁨을 전하고 싶어 가슴이 뛴다
는 그녀. 살려고만 하면 기회는 세상에 널려 있다며 영화 〈세이빙 미스터
뱅크스(Saving Mr. Banks)〉 이야기를 들려준다. 영화에서 만난 한마디가 지

금도 그녀 가슴을 뛰게 해서다. 과거의 영광에 갇혀 고집불통인 영국 동화작가 파멜라 트래버스를 설득하려 월터 디즈니가 던진 말이었다.

"세상은 아름답고, 인생은 기적입니다."

이야기 둘 엄마가 되지 말아야 할 여자도 있었다

서점을 두리번거리는데 〈나는 가해자의 엄마입니다〉라는 제목이 시선을 끈다. 1999년 4월 20일, 미국 콜럼바인고등학교에서 17세 졸업반 학생 두 명이 총기를 난사해 학생과 교사 13명을 죽이고 24명에게 부상을 입힌 후 자살한 사건이 있었다.

이 책은 가해자 중 한 명인 딜런 클리볼드의 엄마 수 클리볼드가 쓴 책이다. 책을 읽는 중에 문득 오래전에 본 영화 〈캐빈에 대하여(We Need to Talk About Kevin)〉가 떠올랐다.

여행가 에바가 임신으로 결혼을 하게 되고 캐빈의 엄마가 된다. 유모차에 누운 캐빈이 울어도 안지를 못한다. 못하는 것이 아니라 안을 마음이 없다. '네가 내 인생을 주저앉혔어!' 이런 시선의 엄마 마음을 말 못하는 아기라 하여 느끼지 못했겠는가.

잉태 순간부터 엄마 사랑에 목말랐던 캐빈의 성장 과정은 한마디로 엄마에 대한 짝사랑이었다. 엄마 곁을 맴돌며 청소년으로 자란 어느 저녁, 아빠에게 이별을 통보하는 엄마 말을 엿듣게 된다.

"캐빈은 당신이 맡아요."

드디어 참아온 분노가 폭발한다. 다음 날 엄마가 외출하자, 활을 쏘아 여동생과 아빠를 쓰러뜨린 후 학교로 달려간다. 체육관 문을 쇠사슬로 묶고 아이들을 향해 화살을 쏘아 댄다.

화살을 가진 소년 더글라스 볼크 1856-1935 미국, 1903

　사람들은 캐빈의 행동이 엄마를 향한 분노의 폭발이었던 것을 모른다. 엄마만 살려 둔 것이 엄마에 대한 복수이면서 동시에 엄마 사랑에 대한 갈망이었던 것을 모른다. 감독은 이렇게 말하고 싶었을 것이다.

　"이제 우리는 캐빈에 대하여 말할 때가 되었다. 더 이상 숨김없이 말해야 한다. 캐빈을 희대의 살인마가 되게 한 원인 제공자는 엄마였다."

　이 영화를 보는 내내 엄마와 자녀 사이를 애착이론으로 풀어낸 존 볼비의 말이 떠올라 지워지지 않았다.

"우리가 어떤 사람의 행동을 이해하기 위해서는 어린 시절 실제 생활에서 벌어진 사건들이 그의 내면세계 형성에 어떤 영향을 끼쳤는지를 반드시 살펴보아야 한다."

이야기 마무리 아이에게는 엄마 사랑이 필요하다

인생은 만남이다. 언제 누구를 만나느냐에 따라 농부 아들이 쟁기를 버리고 혁명가의 길로 나서고 지주 아들이 탁발승이 되기도 한다. 그 만남은 스승이나 친구일 수도 있고, 한 권의 책일 수도 있고, 깊은 밤 어디에선가 들려오는 거문고의 가락일 수도 있다.

무수한 만남 중 엄마와 아기의 만남이 만남의 정수(精髓)다.

거룩한 모성애 토마스 쿠퍼 고치 1854–1931 영국, 1902

세상 문이 활짝 열린 시대이니 여성의 사회 진출은 당연하다. 하지만 그 때문에 청소년의 비행이 거듭된다면 얻는 것보다 잃는 것이 더 많다. 캐빈을 닮은 또 다른 캐빈이 양산되고 있는 현실이 안타까워 존 볼비의 애착이론을 다시 읽는다.

"어머니라는 존재가 없을 때 혹은 어머니가 공격적이며, 아이가 화를 낼 때 받아 주기보다는 벌을 준다면 아이는 성장하면서 복수와 증오의 환상 속에 표류하게 되고 결국은 비행을 저지르게 될지도 모른다."

엄마도 꽃이고 엄마도 꿈이다
엄마도 인격이고 엄마도 자유다
하지만 캐빈이 원한다
세상살이 외출이 힘들었어도
제 눈을 처다보고 물어봐 주세요
"오늘 외롭지 않았니?"

하늘 사랑 엄마는 어디쯤 오고 있나
수호천사 엄마는 길을 잃었나
접동새 슬피 우는 밤
엄마를 기다리며 캐빈이 울고 있다.

엄마의 앵무새, 마마보이는 행복할까

사랑은 언제나 능동적인 현재다.
―크리슈나무르티

여자와 앵무새 유진 주르스 1850-1910 벨기에, 1890

　작약 만발한 돌담 너머로 아이들 웃음소리가 만발이다. 티 없이 맑은
생명의 찬가다. 이 아름다운 계절에 매스컴인들 유쾌하지도 않은 티처

보이(teacher boy)에 대해 다루고 싶었겠는가. 하지만 사회문제로 떠올랐으니 모른 척할 수가 없었으리라.

티처보이는 학원과 과외에 중독되어 혼자서는 공부가 안 되는 학생을 말하는 신조어다.

자녀를 티처보이로 키우면 그 후유증은 크다. 자존감을 상실한 채 평생 남에게 기대 사는 인생이 될 수도 있다.

이야기 하나 앞길이 창창한 청년, 엄마의 앵무새였다니!

마마보이를 극단적으로 표현하면 자유를 포기한 엄마의 앵무새다. 어느 마마보이 청년의 결혼 실패기다.

약혼식 장소를 의논하던 때였다. 갑자기 딸이 '이 결혼 없던 걸로 해주세요'라는 쪽지를 남기고 여행을 떠나버렸다.

경제적으로 많이 기울던 터라 파혼당한 줄 알고 뜬눈으로 기다렸다. 돌아온 딸의 이야기를 들으니 아무리 조건이 좋아도 등을 떠밀 수가 없었다.

연인이 마주앉았는데 남자가 계속 문자놀이다. 자존심이 상해 참을 수가 없다. 스마트폰 내려놓지 않으면 당장 나가겠노라며 자리에서 일어섰다. 그렇게 하여 받아든 스마트폰의 문자놀이 상대는 장차 시어머니가 될 여인이었다.

"저녁은 무얼 먹었니?"

"게는 무슨 옷을 입고 나왔니?"

"몇 시에 올 거니?"

숨 쉴 틈도 주지 않고 퍼붓는 물음들! 평생 아들 부부를 괴롭힐 집요함이다.

허수아비 닐스 폰 다르델 1888-1943 스웨덴, 1934

이들 엄마와 아들 사이의 문제는 어느 쪽이 더 심각한가? 벤저민 프랭클린이 내린 판결문이다.

"사소하고 일시적인 안전을 얻으려고 본질적 자유를 포기하는 사람은 자유와 안전 그 어느 것도 누릴 수 없다."

이야기 둘 엄마의 가면, 집착을 사랑으로 착각하다

위의 이야기를 듣고 있노라니 영화 〈마더 테레사의 편지(The Letters)〉에 나오는 장면이 떠오른다. 테레사가 수도원 입회를 위해 집을 떠나며 손을 흔드는 엄마를 돌아보고 또 돌아본다. 이때 엄마가 테레사에게 하는 말에 가슴이 뭉클했다.

"앞만 보고 가거라. 돌아보면 돌아오게 되어 있다."

가면을 가진 여인 로렌초 리피 1606–1665 이탈리아

여기 또 다른 모녀 이야기가 있다. 영화 〈아무르〉로 우리에게 친숙한 미카엘 하네케가 감독한 〈피아니스트(La Pianiste, The Piano Teacher)〉다. 성인이 된 딸이 독립하려 할 때마다 엄마가 결사적으로 주저앉힌다.

"나는 너를 위해 내 인생 다 바쳤어!"

집착하는 엄마의 가면을 벗길 결단력이 모자랐던 딸 에리카! 데이트도 결혼도 불가능하자 피아니스트 교사로 성공한 그녀가 성도착증에 빠진다.

제2, 제3의 에리카가 태어나지 않기를 바라며 심리치료사 마리사 피어가 〈나는 오늘도 나를 응원한다〉에서 경종을 울린다.

> "부모가 당신의 유일한 친구라면 이는 당신이 진정한 어른으로 성장하거나 인간관계를 성공적으로 구축하는데 실패했음을 의미한다."

이야기 마무리 성숙한 부모는 멈출 때를 안다

아들에게서 눈을 떼지 못하는 여인이 있다. 남편이 아무리 말려도 멈추지를 못한다.

아낌없이 주고 싶고, 끝까지 지키고 싶은 것이 엄마 마음이지만 그녀의 엄마 사랑은 '과잉'이다. 남편 몫까지 아들에게 퍼부으니 아들은 숨이 막히고 남편은 소외된다. 그러고도 자신은 의존증이라는 이름의 병에 시달리고 있다.

애정갈구증이라 불리기도 하는 의존증은 상대가 눈에 보이지 않으면 불안하다. 이 지경에 이르면 엄마는 자아 상실로 불행하고 자녀는 과잉보호에 시달린다.

섭정에 대한 우화 로랑 드 라 이르 1606–1656 프랑스, 1648

　유년 시절에는 엄마 사랑이 필요하지만 수렴청정이 길어지면 결국 구속이 되고 집착이 된다. 엄마는 자녀를 하룻날 더위를 못 이겨 말라 죽고, 하룻밤 추위를 못 이겨 얼어 죽는 화초로 키워서는 안 된다. 엄마의 임무가 막중한 이유다.

엄마가 풀꽃에 감동하면
아이도 소슬바람에 감사한다

엄마가 풀잎에 시를 쓰면
아이도 봄비에 춤을 춘다

엄마가 창조 신비에 마음을 열면
아이가 한 그루 거목으로 자란다.

아이가 한 그루 거목으로 자라기 위해서는 엄마 사랑이 필요하다. 하지만 뿌리가 내리고 가지가 자라 자유를 필요로 할 때면 엄마 사랑은 오히려 아이가 성장하는데 방해가 된다.

아이가 자존감을 갖지 못한 채 어른으로 자라면 어떻게 될까? 심리학계의 진단이다.

'자존감이 낮다는 것은 자기 자신을 잃어버린 것과 같은 상태다.'

자녀는 엄마 모자의 꽃이 아니다

어린이가 없는 곳에 천국은 없다.
─앨저너 스윈번

마지막 기회 페데리코 잔도메네기 1841-1917 이탈리아, 1890

헤어지는 것이 최선인 경우가 왜 없겠는가. 하지만 양육권 다툼으로 법정까지 가게 되면 싱그럽게 자라야 할 아이들이 상처를 입는다. 이때 자녀가 누구와 사는 것이 좋은지를 물으면 우리는 당연히 엄마에게 표를 던져 왔다. 엄마는 하늘이 내려준 선물이었으니까.

그런데 서울가정법원이 발표한 통계에 따르면 부모가 이혼할 때 중학생 이상 30.4%, 초등학생 18.5%가 아빠와 살기를 원했다.

이야기 하나 그녀의 편집증, 딸을 이혼녀로 만들다

그녀는 딸을 교수로 만드는 것이 꿈이었다. 자기가 이루지 못한 꿈에 대한 집착이었다. 유망주 신랑감을 골라 딸을 시집보낸 후에도 이 꿈에 집착했다. 딸이 박사학위를 받으려면 시간이 필요하니 그때까지만 처가에서 지내 주기를 원했다.

사위가 장모의 청을 가볍게 받아들였다. 아들을 낳고 아기 사랑에 빠진 딸이 박사학위에 흥미를 잃자 그녀가 기겁(氣怯)을 한다. 딸을 자기 인생의 꽃으로 여겨 왔으니 포기할 수가 없다.

그때부터 사위를 바라보는 시선이 차갑다. 자존심 강한 사위가 '딸은 하늘이고 사위는 땅'인 눈길을 견딜 수 있겠는가. 드디어 이혼장을 던지고 떠났다. 엄마가 딸을 이혼녀로 만든 것이다.

이쯤에서 멈춰야 하는데 그녀는 그러지를 못했다. 외손자 양육권을 사위에게 넘기자 딸이 시름시름 앓기 시작했다. 엄마에게 아기는 누구인가. 하늘의 선물이다. 딸의 상실감은 아랑곳없이 그녀는 여전히 박사학위에 집착이다.

욕망은 행복의 가장 큰 걸림돌인데, 딸도 엄마의 욕망 열차를 멈추게 할 방법이 없다. 남편을 밀어내고 자녀에게 매달리는 일을 심리학에서는

'우선권설정장애'라 한다.

이야기 둘 어린 딸에게 버림받은 엄마

지방 무대를 떠도는 록 가수 엄마와 예술품 중개인 아빠가 치열하게
다투다 이혼에 이르더니 딸의 양육권 쟁탈전으로 이어진다.

양육권 조건을 갖추려 엄마는 밤에만 카페에서 일하는 남자친구와
혼인신고를 하고 아빠는 딸의 보모였던 여자와 재혼한다.

비둘기를 안은 소녀 장 밥티스트 그뢰즈 1725-1805 프랑스

양육권 다툼에서 이긴 엄마는 노신사와 바람을 피우고, 양육권을 빼앗긴 아빠는 다른 여자와 사귀며 출입문 번호를 바꿔 버린다.

동시에 버림받은 남녀는 자신들이 양육권 싸움의 들러리였던 것을 알게 되지만 여름방학인데 빈집을 지키고 있는 아이를 모른 체할 수가 없다. 돌보는 사이에 정이 들어 여름휴가 여행에 데리고 간다.

엄마가 딸을 찾아 해변 마을에 도착했다. 엄마를 따라나서야 할 아이가 머뭇거린다. 일곱 살이지만 아이는 안다. 지금 엄마를 따라나서면 캄캄한 방에서 많은 시간 홀로 지내게 되리라는 것을. 딸이 엄마를 따라가지 않겠다며 작별의 손을 흔든다.

영화 〈메이지가 알고 있었던 일(What Maisie Knew)〉의 줄거리다. 일곱 살 딸에게서 버림받는 엄마 이야기다.

여성이 유능한 정치인, 실력 있는 과학자, 용감한 탐험가가 되는 것은 대단한 일이다. 하지만 이보다 더 값진 일은 자녀를 정상인으로 성장시키는 일이다.

어머니가 자아 성취에 몰두하는 사이 자녀가 모성애결핍증으로 인성 장애아가 된다면 그녀의 성공은 반쪽 성공이다.

이야기 마무리 우리 영혼을 따뜻하게 하는 추억들

신문에서 〈친엄마 맞아?〉라는 제목의 기사를 읽고 충격에 빠진 적이 있었다. 엄마의 동거남에게 성폭행당한 딸이 아이를 낳는다. 가슴을 치며 통곡해도 시원치 않을 일이다.

그런데 그 남자를 무죄로 석방시키려 열여섯살인 딸과 구속 중인 남자의 혼인신고를 신청한다. 이상하게 여긴 담당 공무원의 신고로 덜미를 잡힌 것이다.

손 감싸기 피에르 에두아르 프레르 1819–1886 프랑스

너무 부끄럽고 슬프다. 더 이상 길이 없는 막다른 골목이나 절벽 앞에 섰을 때 역발상이 필요하다 했던가? 그래서 지난날 모성애가 그리운 것이리라.

그 시절에는 그랬다. 시린 손 감싸고 호호 불어 주던 따뜻한 입김. 엄마는 하늘이 내린 축복이었다. 가난했지만 엄마가 있어 절망하지 않았던 그 시절 아이들은 엄마 모자 위에서 먼지에 찌들어 가는 종이꽃이 아니었다. 거침없이 날아오르는 종달새의 노래였다.

　그 시절로 돌아가자고 말하려는 것이 아니다. 가끔 돌아보며 기억하고 그리워하자고 말하고 싶은 것이다.

　잊지 말아야 할 것을 잊지 않는 것이 삶을 얼마나 따뜻하게 하는가! 우리가 기억해야 할 지난 시절 어머니의 향기는 마른 가슴 적셔 주는 은빛 눈물이었다.

　묵향처럼 은밀하던
　장독대 정화수

　소박해서 아름답던
　쪽머리 은비녀

　사각사각 스치던
　치마 아래 버선코

　빨랫줄에 나부끼던
　옥양목 이불호청

　겨울밤 무쳐내던
　메밀묵 깊은 맛….

누가 당신 딸을 캥거루족으로 만들었나

아픈 아이 뒤에는 아픈 부모가 있다.
—스캇 펙

풍경 속 두 모습 카지미르 말레비치 1878-1935 러시아, 1932

일출의 환희였으며 대보름날 타오르던 불꽃이던 청춘. 풍선을 타고
하늘로 오르다 어느 산자락에 걸려도 청춘의 열정은 아름다웠느니. 청

춘예찬은 끝난 시대인가?

대학을 졸업한 청년 절반 이상이 '캥거루족'이라는 소식이다. 사회가 캥거루족을 양산하고 있다는 성토의 목소리가 높다. 과연 사회 탓인가?

통계청이 발표한 2015년 캥거루족에 대한 조사 내용이다. 부모가 초등학교 졸업 이하인 가정의 캥거루족이 26.5%, 부모가 대학 졸업 이상인 가정의 캥거루족이 45.8%다.

부모가 자녀의 손목을 잡고 있는 경우도 있고 자녀 스스로 캥거루족의 안락함을 즐기고 있는 경우도 있을 것이다.

이야기 하나 마른 땅에 씨 뿌리는 부모가 되지 않으려면

미국 사회 치맛바람에 대한 신문 기사 제목이다.

〈北美 사회 충격. 美 아이비리그 학생들, 잇따라 목숨 끊어〉

호랑이처럼 엄한 '타이거 맘'과 장애물을 모두 치워 주는 '잔디 깎기 맘'의 비극에 대한 내용이다.

후배 중에도 '잔디 깎기 맘'이 있다. 직장인이라 딸 옆에 있을 수 없자 모든 것을 돈으로 해결했다. 그림에 소질이 있다는 유치원 교사 말에 개인 과외를 시켰을 정도였으니 오죽했으랴.

초등학생 시절 성적이 상위였던 딸이 중학교 첫 학기에 하위권으로 떨어졌다. 엄마도 딸도 충격에 빠졌다. 그때부터 '잔디 깎기 맘'의 고달픔이 시작되었다.

그녀는 딸 몫의 아파트를 사 둔 것만으로는 불안해 믿을 만한 투자처를 기웃거린다. 딸을 위한 그녀의 계획은 눈물겹도록 치밀하다. 하지만 사회학자나 심리학자의 생각은 다르다. 그들은 경제보다 더 중요한 것으로 정신적인 자립을 꼽는다.

엄마와 딸 조르주 레망 1865-1916 벨기에, 1907

집과 돈을 남겨 준들 한눈파는 사이 코 베어 가는 세상인데 제대로 간수할 수 있을까? 인간의 양심이란 상황에 따라 변하기 마련인데 누구를 후견인으로 삼아야 믿고 떠날 수 있을까?

그녀가 한번이라도 이런 생각을 했다면 딸의 자립심을 키우는데 힘을 쏟았을 것이다. 지금이라도 정신과 의사 스콧 펙의 충고가 그녀에게 도움이 되었으면 한다.

"양육이란 단순히 먹여 주는 것 이상이라야 한다. 정신적 성장을 도 와줄 수 없는 사랑은 에너지를 낭비하는 것이고 씨를 마른 땅에 뿌리 는 것과 같다."

이야기 둘 잡고 있던 딸의 손목을 놓았을 때

피터팬증후군(Peter Pan syndrome)이라는 말이 있다. 영국 극작가 제임스 배리의 작품 속 피터팬을 닮았다 하여 임상심리학자가 붙인 이름이다. 몸은 성인인데 어린이로 보호받기를 원하는 심리상태를 말한다.

니트족(NEET, Not in Employment, Education or Trainning)도 있다. 무위도식하는 무직자를 일컫는 말이다.

니트족 딸을 둔 엄마 이야기다. 대학 졸업 후 니트족이 된 딸이 여기저 기 쑤시고 결리고 뜨끔거리는 병치레로 세월을 보내고 있다. 딸 뒷바라 지로 지쳐 가던 무렵 충격적인 내용을 알게 된다.

심리적인 스트레스가 요통이나 두통은 물론, 다치지 않아도 나타나 는 환상지통(幻想肢痛)과 암까지도 일으킨다는 것이다.

"그동안 딸이 앓은 병명만도 다섯 손가락으로는 모자라요. 타인의 관심을 묶어 두기 위해 심장발작을 일으키는 경우도 있다니 눈앞이 캄 캄했어요."

곧바로 정신과전문의를 찾았다. 누구에게나 자기 인생이 있는데 그녀 가 딸 인생을 가로막고 있다며 나무랐다. 그녀는 자신이 한 일을 돌아 보고 부끄러웠다.

손목을 놓기만 하면 쓰러질 것 같아 불안했던 것은 노파심이었음을 알았다.

고기잡이 보트의 소년 시어도어 로빈슨 1852-1896 미국, 1880

이야기 마무리 곡식이 영글기 위해 찬 이슬이 필요하듯

독일 우화로 기억하는데 맞는지 모르겠다. 농부가 볍씨를 뿌린 후 매일 기도했다.

"햇빛을 듬뿍 내려주소서."

농부가 기도한대로 그해 여름은 햇빛이 찬란했다. 넘실거리는 황금 들에 싱글벙글한 농부가 추수철을 맞았다. 이게 웬일인가. 모두 쭉정이다. 이럴 수는 없다며 하느님께 항의하자 하느님이 대답했다.

"너는 햇빛만 달라고 했지 곡식을 영글게 하는 찬 이슬을 달라고 한 적은 없었느니라."

곡식을 영글게 하는데 찬 이슬이 필요하듯 자녀가 성장하는 데도 찬 이슬이 필요하다.

좌절된 꿈을 부둥켜안고 울어도 보고, 연꽃을 꺾으려다 연못에 빠져 보기도 해야 한다. 고추잠자리를 잡으려다 숲길에서 길을 잃어 보기도 해야 한다. 그래야 지혜롭고 강인한 인간으로 성장한다. 버트란트 러셀이 말했다.

"지나치게 자식을 염려하는 것은 소유욕의 위장된 형태에 지나지 않는다."

편안함에 익숙하면 나태해진다. 나태해지면 혼자 설 수 없다. 자기 욕망인 줄 모른 채 자녀의 성공에 집착하는 엄마. 캥거루족과 니트족을 둔 엄마들에게 〈황무지〉의 시인 엘리엇의 말이 도움이 되었으면 좋겠다.

"그곳에 도달하기 위하여, 가고자 하는 곳에 가기 위하여, 떠나야 할 곳에서 떠나기 위하여 황홀함이 없는 곳을 지나야 한다."

황혼 육아, 기쁨이고 보람이려면

아이 스스로 발견하도록 하라.

—닐 도날드 월쉬

한 사람을 봉헌하다 페르디낭 호들러 1853-1918 스위스, 1903

친구의 꽃밭 소식을 듣고 갔을 때 흐드러진 꽃들 사이에서 손자 손녀
가 술래잡기를 하고 있었다. 아이들이 꽃이고 꽃이 아이들이었다. 천국
모습이 이런 것이 아닐까 싶었다. 이 맑고 고운 아이들은 어느 나라에서
온 꽃들인가? 교육 개혁가 알렉산더 닐의 말이 우리를 숙연케 한다.

"어린이마다 그 안에 한 신이 있다."

이야기 하나 황금빛 육아, 세상을 금빛이 되게 하다

어린이가 없는 사회는 미래가 없다. 지금 우리는 미래가 없는 사회로 가고 있다.

애완견에게 생일상을 차려 주는 기사를 읽고 놀란 여인이 있었다. 결혼한 지 3년이 지나도록 아기가 없는 전문직 며느리 모습이 떠올라서였다. 그녀가 퇴근 무렵 며느리 직장 근처에 도착해 전화를 했다.

"지나던 길인데 차 한잔 할 수 있을까?"

며느리를 기다리는 찻집 창밖에는 낙엽이 흩날리고 있었다. 창밖 풍경 때문이었는지도 모른다. 며느리를 마주한 그녀 목소리가 그날따라 차분했던 것은.

"너희 둘 중 어느 쪽이든 아기를 가질 수 없다면 받아들일게. 그렇지 않는데 요즘 유행하는 딩크족이 되기로 했다면 생각을 바꿨으면 싶구나. 생명의 탄생은 기적이며 환희란다."

인생에 있어서 이보다 더 값지고 보람 있는 일은 없다고 했다. 혹시 친정 부모님이 시골에 계셔서 도움을 받을 수 없어 그런다면 힘을 보태겠다고 했다.

그때서야 며느리가 직장 선배 이야기를 했다. 선배 시어머니가 신혼여행에서 돌아온 아들 부부에게 선언했다.

"지금부터 내 인생 즐길 거야. 애 맡길 생각은 꿈도 꾸지 마라."

선배 부부는 아기를 원했지만 도움을 받을 친정엄마가 없었다. 선배 이야기에 주눅들어 그동안 입도 뻥긋 못하고 있었다. 감동의 눈물을 흘리던 며느리 모습을 잊을 수 없다는 그녀의 생명 찬가다.

별들의 수호신과 함께 보내는 밤 에드워드 휴즈 1851-1917 영국, 1912

"아기를 키우는 일은 신전에 제물을 봉헌하는 것과 같아요. 이 일은 너무나 막중해 가족이 함께 힘을 모아야 해요. 윌리엄 채닝도 말했어요. '아이 내부의 신성을 일깨우는 일이야말로 부모와 교육자들의 가장 큰 의무' 라고요."

아기의 건전한 정서 발달을 위해서는 엄마 품에서 자라는 것이 가장 바람직하다. 하지만 맞벌이부부는 어쩔 수 없이 도움을 받아야 한다. 이때 양육의 질을 값으로 따지면 친가든 외가든 할머니의 육아는 황금 값이며, 도우미의 육아는 구리값에 해당한다는 것이 그녀 주장이다.

만일 세상 모든 건강한 부모들이 마지막 남은 사랑의 열기로 육아경륜을 펼친다면, 만일 세상 모든 딩크족이 아기의 웃음소리에서 행복을 길어 올리기를 원한다면 인구절벽은 완만한 언덕으로 변하리라는 것이 그녀 생각이다.

유대교 신학자 마빈 토케이어가 한 말이다.

"자기가 가지고 있는 힘을 사회에는 바치면서 자기 가족에게는 바치지 않는다는 것은 좋은 일이 아니다."

이야기 둘 솔직함으로 지켜 낸 할머니의 육아 원칙

해산달이 다가오자 아들네가 그녀가 사는 아파트 아래층으로 이사를 왔다. 며느리가 직장인이라 손주 키우는 일을 맡기로 해서였다.

창문을 열고 묵은 먼지를 털어 내며 손주 맞을 준비를 하던 어느 날이었다. 신문에서 '손자 키우다 폭삭 늙은 할머니 이야기'를 읽고 가슴이 철렁 내려앉았다.

"모든 일에는 때가 있잖아요. 제 나이에 손주 키우는 일은 쉬운 일이 아니죠. 각오는 했지만 충격이었어요. 어려운 일일수록 원칙이 필요하니 원칙을 세우자, 세운 원칙은 흔들림 없이 지키자고 다짐했어요. 아들며느리가 짐작도 못한 내용이었지요."

그녀는 단호했다.

"너희 집은 내 직장이니 그곳으로 출퇴근할 것이다. 근무시간은 며느리 출근에서 퇴근까지이며, 붉은 글씨의 공휴일은 내게도 당연히 공휴일이며, 일정 금액의 수고비를 통장에 입금할 것"

원칙을 세우고 원칙을 지키니 모두가 어렵다는 황혼 육아가 어렵지 않았다. 그녀는 친구들 앞에서 "나는 직장인!"이라며 뽐낸다. 수고비는 아들 며느리 모르게 손주 이름으로 저축하고 있다며 흐뭇해한다.

이야기 마무리 황혼 육아, 기쁨과 보람이기 위해

조부모가 훗날까지 황혼 육아를 아름다운 동화 세계로 회상하려면 다음의 두 가지를 마음에 새겨야 한다.

하나 쌈지 끈을 함부로 풀지는 말아야 한다.

세대주로 살아온 그녀가 맞벌이 며느리를 대신해 손자 키우느라 경제활동을 접었을 때 "엄마 노후는 걱정 말라"는 외아들 말만 믿고 가진 것 모두 넘겼다.

손자가 고등학교에 진학하고부터 아들 부부가 사소한 일에도 언성을 높이는 일이 잦아졌다. 떠날 때가 왔구나 싶었지만 그녀 손에는 방한 칸 얻을 돈도 없었다. 평소 친하게 지낸 친구 집에 봇짐을 풀기로 했노라 알리자 말리지도 않았다.

언제 어느 쪽에서 삭풍이 불어올지 모르는 것이 인생이다. 언제든 독립할 수 있는 최소한의 주머닛돈은 놓지 말아야 한다.

작별 프레더릭 카일리 로빈슨 1862-1927 영국, 1907

둘 언제든 떠날 수 있는 자기 세계를 가져야 한다.

그녀는 두 딸이 인생의 전부였다. 손자 손녀 뒷바라지가 끝났을 때는 늦가을 해가 서산에 걸린 황혼이었다. 경제적으로는 여유로웠지만 삶이 무미건조했다.

질척거리는 원망의 늪에 빠지고 말았다. 이 딸네, 저 딸네를 기웃거려 보지만 소외감만 더할 뿐이다. 어느 날 막내딸이 친구 엄마 이야기를 하면서 '껌 딱지 인생'이라 했다. 마치 자기를 향한 성토처럼 들렸다.

"내 인생은 딸들이 전부였어요. 하나뿐인 출구에 걸쇠가 채워지는 소리를 들은 거지요. 살아가는데 비자금이 필요하듯 인생의 탈출구 하나는 마련해 두어야 한다는 걸 그때 알았어요."

'껌 딱지 인생'이 되지는 말자고 다짐한 날, 공원 벤치에 누군가 놓고 간 소설책에서 다채로운 인생을 살아온 주인공을 만나 친구가 되었다. 그때부터 글방에서 새 친구들을 사귀느라 무료할 시간이 없다.

어느 날 혼자 덩그마니 남았을 때 원망과 분노의 세월을 살지 않으려면 어떻게 해야 하나? 그녀가 들고 온 책갈피 여기저기에 적힌 메모들에서 골랐다.

지혜로운 여자는 앉을자리 설자리를 안다.

자녀 인생을 기웃거리는 노년은 처량하다.

자기만의 세계, 비밀의 방 하나 준비해 둘 것.

엄마가 지혜로워야 가족이 행복하다

지혜는 지적인 덕목들이 모여 만들어진다.
—데이비드 브룩스

제단을 피난처로 삼은 어머니 에두아르드 대지 1805~1883 독일, 1834

　범죄조직을 소탕한 대가로 '전과자'라는 멍에를 벗고 평범한 시민으로 일상을 즐기던 것도 잠시였다. 소탕했다고 믿었던 범죄 잔당이 그의 집을 폭파한 후 "너와 네 동생 가족의 생명을 원한다"라며 결투를 신청해 왔다. 사느냐, 죽느냐의 절박한 격랑에서 또 한 차례 멋지게 승리한 그를 후배가 부러워한다.

그때 영화 〈분노의 질주, 더 세븐(Fast & Furious 7)〉의 주인공 도미니크의 입에서는 상상도 못한 대답이 흘러나온다.

"모든 사람이 멋진 삶을 원하지. 가장 멋진 삶은 가족과 함께라네."

프랑스 작가 스탕달도 말했다.

> "어머니란 스승이자 나를 키워 준 사람이며 사회라는 거센 파도로 나가기에 앞서 그 모든 풍파를 막아 주는 방패 같은 존재였다."

가장 멋진 삶! 그것은 어머니가 있는 가정을 말한다. 어머니는 가족의 요람이요, 등불이다. 어머니는 가문을 지키는 든든한 수문장이다. 때문에 어머니가 지혜로워야 가정에 평화가 있고 가족이 행복하다.

이야기 하나 그녀의 지참금, 요술방망이가 되다

일생에 한번뿐인 결혼식이니 화려하게 치르고 싶은 것은 결혼을 앞둔 여성들의 꿈이다. 하지만 그녀 생각은 달랐다. 가진 돈을 결혼식 비용으로 쏟아붓고 신혼살림을 시작하는 것은 무모한 허세라 여겼다.

그녀는 결혼비용의 한 자락을 툭 잘라 비상금으로 묻었다. 비상금은 가족을 지키기 위해 필요하다는 것이 그녀 생각이었다.

직장을 그만두고 시작한 신혼살림은 한마디로 생활비와의 전쟁이었다. 남편 월급으로는 시부모 생신, 명절, 시동생 등록금 등의 목돈 지출을 감당하기 어려워 가불 인생에서 헤어날 길이 없었다. 그럴 때도 비상금에 손을 대지 않았다.

첫딸이 태어난 얼마 후부터 남편이 이상해졌다. 야근이라며 퇴근이 늦어지더니 사소한 일에도 짜증을 부린다. 불길한 예감에 시달리다 퇴근 무렵 남편 직장 근처 찻집에서 기다렸다. 이유를 밝히지 않으면 친정으로 돌아가겠노라 버텼다.

마술사 해리 와트루스 1857-1940 미국, 1900

남편이 어렵게 입을 열었다. 퇴근 후 동료들과 가볍게 시작한 포커놀이였는데 그 일로 빚에 시달리고 있다는 것이다. 그녀가 묻어 둔 비상금의 절반에 가까운 액수였다. 당시 그들 살림에서는 큰돈이었지만 지체할 수 없어 친구에게 빌렸노라 둘러댔다.

시동생이 대학원 진학을 원할 때, 시어머니 칠순기념으로 제주도 가족여행을 계획할 때마다 마술사의 요술방망이를 바라보는 눈으로 남편이 고개를 갸웃거렸다. 그녀는 가정의 중심은 주부임을 강조한다.

"세상에는 여자의 욕망을 부추기는 게 얼마나 많은지요. 고급 사치품과 즐거운 놀이에 취해 가족은 안중에도 없었던 친구가 있었어요. 그녀의 무분별한 지출로 가정이 무너지는 걸 봤어요. 가족이 행복하려면 주부가 지혜로워야 해요."

이야기 둘 할머니 주머닛돈, 손녀의 날개가 되다

어느 여인의 비상금 이야기다. 그녀는 6남매 막내여서 머리핀에서 신발까지 언니들이 쓰던 것을 물려받았다. 그녀 등뒤에서 친구들이 수군거린 별명이 '구닥다리'였다.

자신의 구차했던 학창생활을 자녀에게는 물려줄 수 없다는 생각으로 결혼 후에도 틈틈이 아르바이트를 했다. 그 자투리 돈이 모여 몇 차례 어려운 고비를 넘어서는 버팀목이 되기도 했다.

그녀가 노년에 접어든 어느 날. 디자이너가 꿈인 손녀가 교환학생으로 프랑스로 떠나겠다는데 며느리 얼굴이 어둡다. 순간 평생 간직해 온 주머닛돈을 풀어야 할 때가 왔구나 싶었다. 묻어 두면 가슴이야 뿌듯하겠지만 날개 꺾인 손녀를 어찌 바라볼 것이며, 자신의 유품에서 주머닛돈을 발견한 가족들의 허탈감은 또 얼마나 크랴 싶었다.

묻어 두어야 할 때가 있고 풀어야 할 때가 있는 것이 어찌 할머니의 주머닛돈만이겠는가. 때를 안다는 것은 행복을 놓치지 않는 순발력이기도 하다. 가족에 대한 그녀 생각이다.

감자 캐는 사람들 가이 로즈 1867-1925 미국, 1892

"가족의 의미는 함께인 것에 있지만 함께이기를 노력하지 않으면 혼자인 것만도 못한 것이 가족이지요."

사려분별이란 지금 이 순간 무엇을 해야 할지를 아는 지혜다. 겨울이 오기 전에 문풍지를 바르는 부지런함이다.

마음껏 카드를 긁어도 친정엄마가 해결해 주자 방만하게 살아온 여인이 있었다. 남편이 자기를 배신하지 않으리라 믿었다, 자녀가 자기를 모른다 하지 않으리라 믿었다. 하지만 이런 믿음은 봄날 아침의 안개처럼 순식간에 사라진다는 것을 몰랐다. 늦가을 한기에 떨고 있는 그녀 모습은 너무 처량했다.

영화 〈분노의 질주 7〉이 끝난 후 스크린에 흐르는 노랫말이다.

'가족이 소중한 사람은 선을 넘지 않는다.'

그렇다! 가족이 소중한 사람은 욕망을 다스리지 못해 범법자가 되는 일은 없으리라.

금간 꽃병에 색종이를 바르며

가슴이 뿌듯하다면

오월의 푸른 텃밭을 바라보며

가슴이 벅차오른다면

낙조를 바라보며 세월의 피리 소리에

가슴이 설렌다면

그대는 지금 멋진 삶의 주인공이리.

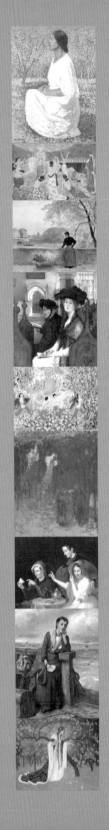

어떤 차원에서 보면 은총의 부름에 응하고 응하지 않고는
나 자신이 선택하는 것이지만 또 다른 차원에서 보면
그 선택을 하는 것은 하느님이라는 사실도 명백해 보인다.

—토머스 키팅

8. 신앙

신앙의 우화 폼페오 바토니 1708~1787 이탈리아

41. 거룩한 기도, 누가 부르는 천상의 노래인가

42. 그대가 기복신앙에서 위로받기를 원할 때

43. 운명에 무릎 꿇으면 사이비 교주를 만난다

거룩한 기도, 누가 부르는 천상의 노래인가

신을 찾는 자만이 신을 발견한다.
—파스칼

진실한 기도 앙리 마르탱 1860–1943 프랑스

일생이 탄탄대로인 인생은 없다. 뱃길을 가로막는 광한풍을 만나기도 하고, 산길을 오르는데 돌무덤이 쏟아지기도 한다. 이럴 때면 무신론자도 두 손을 모아 묻게 된다.

"어찌해야 하는지요?"

이를 인간 본성의 하나인 종교성이라 한다. 이 말을 한 주인공을 찾으려 메모장을 뒤적이다 프란츠 알트를 만났다. 〈생태주의자 예수〉에서 그도 같은 말을 했다.

"모든 인간은 종교적이다."

모든 인간이 종교적인데 왜 종교 행사에는 여자들로 붐빌까? 파스칼이 〈팡세〉에서 한 말을 빌려 오면 답이 될 수 있을는지.

"신앙이란 증거와는 다른 것이다. 증거는 인간적인 것이고 신앙은 신이 내린 선물이다."

이야기 하나 신앙인의 길을 물었더니

그녀 신앙이 초보 수준에 머물러 있어 가슴 아팠던 적이 있었다. 결혼 후 개종한 그녀가 열렬한 구원론 신봉자가 되어 나타났다. 여든의 어머님이 돌아가셨다는 연락을 받고 갔더니 예상한 대로였다.

"이렇게 보내면 지옥에 떨어지신다!"

소란이 계속되자 민망해진 조문객들이 서둘러 자리를 뜨고 있다. 설렁한 영안실에서 계속 지옥을 설파하는 그녀가 측은해 흐르는 눈물을 주체할 수가 없었다. 앤서니 멜로가 〈깨어나십시오〉에서 말한다.

"진리에 대한 개방. 그 결과가 무엇이든 그것이 자신을 어디로 인도

하든 상관하지 않는 것, 자신이 어디로 인도되고 있는지도 모른 채 마음을 여는 것, 그것이 신앙이다."

민간신앙의 신 펠리슈팀의 딸들 폴 세뤼지에 1864-1927 프랑스, 1908

그녀는 미망인이다. 직장인 동생에게 아기를 맡기고 주말에나 시간제 일거리를 얻는 처지다. 그녀가 주일을 거르자 신앙인들 눈초리가 싸늘하다. 만일 저들 기도에만 귀를 기울이고 막차를 기다리는 이 여인의 기도를 외면하는 신이라면 사이비교의 신과 무엇이 다르겠는가.

신은 성전에 나오는 횟수를 기록하여 빵의 개수를 정하는 인색한 분이 아니라 해도 그녀의 흐느낌이 멈추질 않는다. 그녀에게 요한 에우데스 성인의 말이 위로가 되었으면 한다.

"비단 전례만이 아니라 영적 독서와 육체노동도 역시 기도다."

이야기 둘 행동하지 않는 기도는 죽은 기도다

기독교의 구원은 고통을 기쁨으로 승화시키는 순간에 얻는 평화에 있을 것이다. 불교의 해탈은 욕망의 유혹에서 벗어나는 순간에 얻는 평온에 있을 것이다. 구원과 해탈은 주일을 지키고 암송 기도를 읊는 순간에만 있는 것이 아닐 것이다. 시든 꽃에 물을 주는 순간, 이웃이 다급히 부를 때 달려가는 순간에도 있을 것이다.

이 세상에서 천국과 극락의 삶을 살지 않으면 저세상 어디에도 그를 기다리는 천국과 극락은 없다. 때문에 신앙은 영혼을 춤추게 하는 소슬바람이고, 밤길을 안내하는 별빛이고, 새벽을 깨우는 산새의 노래라야 한다. 존 포웰이 〈그리스도인의 비전〉에서 한 말이다.

"항해 중 태풍을 만난 당신이 비록 마음을 다해 기도할지라도, 해변가로 가기 위해서는 온 힘을 다해 노를 저어야 한다."

지전이 쏟아지기를 기다리며 성전 바닥에 무릎 꿇어 기도하는 여인이 있다. 그 시간에 거리에서 꽃 파는 여인이 있다. 신은 누구를 격려할까?

외아들을 위해 기도한 여인이 있었다. 일류대학에 합격하게 해 달라며 기도했다. 하지만 신은 그녀 기도에 응답이 없었다. 왜였을까? 자기에게 주어진 삶을 사랑하는 진실한 사람이 되기를 기도하지 않았기 때문이다. 가당찮은 기도를 들어주는 신이 없다는 것은 얼마나 다행한 일인가. 루이 에블리 신부가 〈사람에게 비는 하느님〉에서 말했다.

"만일 당신이 원하고 구하는 것을 아직 받지 못하고 있다면, 그것은 당신이 올바른 기도를 하지 못하고 있기 때문이다."

세느 강변의 꽃 파는 여인 빅토르 가브리엘 질베르 1847-1933 프랑스

기도 모임의 좌장(座長)이었던 여인이 있었다. 남편 사업이 기울었다는 소문이 들려왔다. 친구들이 도울 방법을 찾고 있는데 종적을 감췄다. 이때 그녀가 물었다면 신은 이렇게 말했을 것이다.

"일을 찾아 길을 나서라. 너를 돕는 이웃이 곧 나다."

올바른 기도란 무엇인가? 빈 항아리를 들고 비를 기다리는 삶이 아니라 오아시스를 찾아 불타는 사막을 건너는 삶이다.

이야기 마무리 거룩한 모성의 회복을 꿈꾸며

기뻐하고 슬퍼하는 일, 좋아하고 싫어하는 일 등의 '감정'을 인류학에서는 근원적인 생명력으로 본다. 이와는 대조적으로 신학은 감정의 일거수일투족에 '죄책감'이란 채점표로 거침없이 낙서를 해댄다.

생명의 아름다움은 싫은 것은 싫다고 말하는 자유. 불의 앞에서는 거침없이 분노하는 자유에 있는 것 아니던가?

신앙의 미덕을 일러 믿음 · 희망 · 사랑이라 한다. 믿음은 신의 뜻에 따르겠다는 약속이며, 희망은 평화를 바라는 마음이다. 사랑은 이 믿음과 희망을 가슴에 품고 만물을 아름답게 가꾸려 노력하는 것이다. 셋 중 으뜸인 사랑에 대해 미국 작가 카렌 선드가 묘사한 말이다.

"사랑하는 것은 천국을 살짝 엿보는 것이다."

신학상의 세 미덕, 신념 희망 자애 클레망 루이 벨 1722-1806 프랑스

이제 처음의 명제로 돌아가야 할 시간이다. '왜 여성은 신앙적인가?' 이 물음의 답을 찾아 길을 나서려는데 모성애가 답이니 길을 헤매는 수고를 멈추라 한다. 임신과 출산과 양육은 여성에게 주어진 거룩한 소명이며 이 소명을 능가할 사랑은 세상 어디에도 없다고 한다.

기도는 죽은 나무에 꽃을 피우는 기적의 언어다.

영원을 가슴에 품고 일생을 기도의 힘으로 살아야 할 그대! 여인의 기도는 생명의 탄생을 위해 바치는 장엄한 노래요, 춤이다.

너는 너의 기도로 초롱꽃을 피워
산야의 아름다움이기 위해
나는 나의 기도로 수선화를 피워
호수의 고요이기 위해 지금 여기 있음이리

무녀 딸의 바람꽃도 아름답다
도척이 딸의 노루귀도 아름답다
어린이의 울음소리도 아름답고
유년의 반란도 아름답다

모든 생명은
살아 있음으로 아름다운 기도다.

기복신앙에서 위로받기를 원할 때

사람은 신을 소유하기를 열망한다.
—마르틴 부버

제각각의 생각들 프랜시스 밀레트 1846–1912 미국, 1890

친구 49재가 진행 중인 명부전에서 스님의 독경이 낯설어서였던가? 극
락과 천국의 차이는 무엇인가, 해탈과 구원의 차이는 무엇인가를 묻고

있는 내 일탈에 놀라 자세를 고쳐 앉은 적이 있었다. 신앙에 대한 물음은 누구나 한번쯤 마주하는 화두다. 토마스 머튼이 말했다.

> "우리가 신을 아는 일은 사랑이나 직관을 통해서만 가능하다."

남자는 논리적이고 여자는 직관적이다. 신앙의 세계는 논리로는 설명할 수 없다. 그러니 여성 신앙인이 많은 것이리라.

이야기 하나 죄의식에서 탈출한 어느 냉담자의 증언

생명을 품어 꽃으로 피워 내는 모성애만으로도 여자는 충분히 신앙적이다. 하지만 무조건적 의탁은 이제 끝났다. 입교한 지 반년 만에 신앙인의 길에서 발길을 돌린 여인이 들려준 이야기다.

"저를 신앙의 길로 인도한 선배 장례식이 일요일이었어요. 관례에 따라 삼일장을 치르느라 그리된 것이지요. 가까이 지내던 신도들이 장례식에 참석했어요. 당연한 일 아닌가요."

그 일로 목사가 격앙된 목소리로 선언했다.

"앞으로 일요일에는 장례식하지 마세요!"

충격이었다. 주일만 있고 인간은 없는 것에 화가 나 돌아섰다고 한다. 그녀를 나무라야 하나, 목자의 편협함을 나무라야 하나?

신앙의 효용을 높이 평가했던 키르케고르가 종교제도를 비판한 이유를 알 것 같다. 그의 주장을 비틀면 이런 표현이 되리라.

종교는 해방의 기쁨. 지옥교리는 기쁨에 대한 폭력이다.
종교는 성찰의 은총. 죄의식은 은총에 대한 폭력이다.

이야기 둘 올바른 신앙과 미신은 백지 한 장 차이였다.

종교의 3대 요소로 교조(教祖)·교리·성전을 꼽는다. 3대 요소 다음으로 중요한 것이 기도다. 기도에는 청원기도 감사기도 통회기도 찬미기도(찬미와 흠숭) 등이 있다. 형식면에서는 구송기도 묵상기도 관상기도 향심기도 등으로 나눈다.

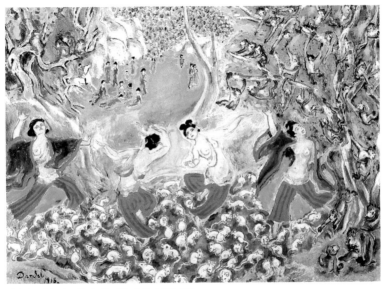

신전의 무희들 닐스 폰 다르델 1888–1943 스웨덴, 1918

기도의 초보 단계가 청원기도다. 청원은 인간 본성에 속한다. 하지만 최선의 기도는 삶의 의지다. 아름다움에 대한 감탄, 생명에 대한 찬미가 바로 기도이기 때문이다.

이 아름다운 기도의 마음이 욕망에 무릎 꿇으면 사이비 종교와 미신 등에 영혼을 팔게 된다. 때문에 올바른 신앙인이 되는 것과 미신의 포로가 되는 것은 백지 한 장 차이다.

이 사실을 알게 하는 이야기다. 그녀가 해탈사상에 매료되어 불교에 귀의(歸依)했다. 선방(禪房)을 다니며 공부에 열심이자 친구들이 그녀의 신앙심을 높이 평가하던 참이었다. 그때 그녀에게 청천벽력 같은 일이 일어났다. 고명딸을 잃은 것이다.

딸의 천도(薦導)를 위해 사찰을 전전하다 영혼 대화를 해 주겠다는 무속을 만나 거처를 옮긴다. 주부가 가출한 집이 온전할 리 없다. 남편이 부도로 구속된다. 사이비 교주는 언제나 아픈 영혼을 노린다.

오늘도 미신을 좇아 길을 헤매는 이들이 있다. 천지신명께 바친다며 죽은 소와 돼지 백여 마리, 13톤 2억여 원 어치를 북한강과 남한강이 만나는 미사대교에 버린 자를 구속했다는 기사를 읽은 적이 있다.

이 엉터리 무당에게 1억을 주며 기도를 부탁한 이도 있었다니 놀랍고도 슬프다. 지식인은 미신에 빠지지 않는다고? 천만의 말씀이다.

이야기 마무리 무엇이 우리를 구원하는가?

종교의 목적은 인간다운 삶을 살도록 하는데 있다. 복을 빌며 무당에게 1억을 던지는 부자 마님의 모습이 아름다운가, 동냥 그릇에 지전 한 장을 놓는 여인의 손길이 아름다운가?

저 세상의 구원을 위해 헛소리를 중얼거리는 모습은 아름답지 않다. 지금 여기, 이 순간의 삶에 최선을 다하는 모습이 아름답다. 까를로 까레또가 〈사막에서의 편지〉에서 들려준 대답이다.

"하느님의 팔에 안겨 있는 어린이가 되는 것, 즉 침묵 가운데 사랑하며 환희를 느끼는 것, 이것이 기도의 가장 높은 단계다."

성스런 나무 아래 음유시인들 앙리 마르탱 1860-1943 프랑스

　영롱한 이슬이 연잎 위에 시를 쓰는 장면을 만나 환희를 느낀 적이 있었는지. 맑은 시냇물이 흐르고 풀꽃 흐드러진 숲속에서 바위틈에 뿌리 내린 한 포기 풀꽃을 만나 환희를 느낀 적이 있었는지. 바로 그 순간이 그대가 창조주의 사랑에 감동한 순간이다.

　뉴에이지 베스트셀러 작가 다릴 앙카가 〈가슴 뛰는 삶을 살아라〉에서 한 말이 더욱 빛나는 아침이다.

"신이 우주를 만들었다기보다는 더 정확히 말하면 신이 곧 우주인
것이다."

구름 사이로 손 흔들며 미소 짓는 분
흐드러지게 살구꽃 피워 가슴 설레게 하는 분
은행잎 노랗게 물들여 옷깃 여미게 하는 분

오늘도 나는 그분을 만나러 집을 나선다
계곡 물안개에서 그분 춤을 보고
나목 맑은 가지에서 그분 청빈을 만난다

내가 왜
신의 사랑에 목말라 안달하겠는가.

이야기 43

운명에 무릎 꿇으면 사이비 교주를 만난다

운명론자에게 있어서는 일체가 필연이다.
—키르케고르

운의 우화 지아킨토 지미냐니 1606–1681 이탈리아

　여자 특유의 감성 때문인가? 운명론자에 여자들이 많다. 그들의 점집
순례기를 듣노라면 신앙과 미신의 차이가 궁금해진다. 명상 수행자 고
엔카가 〈단지 바라보기만 하라〉에서 한 말이다.

"삶에서 만나는 모든 것은 바로 우리 행동의 결과다. 따라서 우리는 행동의 주인이 됨으로써 운명의 주인이 된다."

이야기 하나 엄마의 우쭐병, 딸의 공주병

그리스 신화에 나르시스(Narcisse)라는 이름의 미소년 목동이 있었다. 나르시스는 호수에 비친 아름다운 청년이 자기인 줄을 모른 채 그를 만나려는 일념으로 호수에 뛰어든다.

정신의학에서는 자기애를 나르시시즘(narcissism)이라 부른다. '공주병'도 나르시시즘의 일종이다.

딸에게 공주병을 심어 준 여인 이야기다. 어린 딸의 손을 잡고 집을 나서면 지나던 사람들이 "예쁘다"며 한마디씩 던졌다. 기분이 좋았다. 공주처럼 키워 귀부인이 되게 하리라는 희망에서였다.

결혼 적령기를 맞은 딸이 맞선 보기를 거듭하지만 소식이 없다. 이럴 수는 없다며 작명가를 찾아갔다. 딸의 고친 이름을 들고 온 그녀 얼굴이 상기되어 있었다. 곧 행운이 찾아올 분위기였다. 이름을 바꾸고 수년이 지났는데 결혼 소식이 없다.

숙명에 대한 신앙은 미신이라는 말이 있다. 그녀가 작명가의 말을 믿어 막연하게 행운을 기다리지 않았다면 딸 인생은 달라졌을 것이다.

유교경전 3경(三經) 중 하나인 〈역경(易經)〉이 주역(周易)이다. 아직도 운명에 책임을 떠넘기고 있다면 주역의 서문을 명심할 일이다.

'수상(手相)은 관상을 못 따르고, 관상은 골상을 못 따르고, 골상은 심상(心相)을 못 따른다.'

점쟁이 컵 안의 찌꺼기 윌리엄 시드니 마운트 1807-1868 미국

이야기 둘 출생의 비밀을 지우려 길을 나섰지만

포대기에 싸여 외갓집에 맡겨진 그녀는 아버지 이름도, 엄마 얼굴도 모른 채 자랐다. 그녀는 어린 시절부터 출생의 비밀을 지우고 싶었다. 외할머니의 사랑은 눈물겹도록 지극했지만 그녀 가슴은 황량했다.

그런 가슴으로 용케도 외할머니 염원대로 초등학교 교사가 되었다. 허허벌판에 그녀를 두고 외할머니가 떠났다. 지우개로 지우고 싶었던 과거. 외할머니도 안 계시니 떠나기만 하면 된다. 며칠을 망설이다 점술가를 찾아갔다.

"관운이 있어 성공하리니 북쪽이 길하다."

점술가 말을 믿고 무작정 상경했다. 공무원시험 준비로 학원을 들락거렸지만 낙방을 거듭하는 사이 통장도 바닥을 드러냈다.

잠든 집시 여인 앙리 루소, 1844-1910, 프랑스, 1897

그녀가 시골장터에 좌판을 펼친 아낙에게도 행복의 순간이 있다는 것을 알았다면, 지금쯤 교육자의 길에서 길어 올린 소박한 보람들로 진주목걸이를 엮고 있을 것이다.

자기 운명을 아는 것은 자신의 한계를 아는 것이기도 하다. 인생은 선택이며 선택이 운명이다. 때문에 운명은 자기 책임이다. 페르시아 격언이다.

"그대는 운명의 칼날을 잡을 수도 있고 칼자루를 잡을 수도 있다."

이야기 마무리 운명이 레몬을 건네주면

시오노 나나미가 〈마키아벨리 어록〉에서 한 말이다.

"운명의 신은 여신이기 때문에 그녀에 대해 주도권을 쥐려면 난폭하게 다룰 필요가 있다."

나나미의 말에 따르면, 마음만 먹으면 운명의 여신과 즐겁게 놀 수도 있겠다. 절벽으로 유인하여 등을 떠미는 일은 식은 죽 먹기일 것이다. 널빤지에 묶어 강물에 띄워 멀리 떠내려 보낼 수도 있겠다. 생각만 해도 통쾌하다.

하지만 운명은 힘으로 제압할 수 있는 것이 아니다. 그라시안이 〈세상을 보는 지혜〉에서 말했다.

"운명에게 무기를 들이대지 말라. 그러면 운명은 더욱 사나운 것으로 변한다."

그라시안의 말처럼 운명이 있어 싸워야 한다면 난폭함보다는 지혜로움이 필요할 것이다.

레몬 과수원에서 에드워드 오컨 1872-1945 폴란드, 1923

"날 찾아온 거니. 그럼 함께 떠나 보자!"

이렇게 말하면 이미 운명의 멱살을 잡은 것이다.

친구가 아들 사주를 들고 역술가를 찾았을 때 들은 이야기다.

"임금이 아니면 역적이 될 팔자다."

운명은 마음먹기에 달렸다는 말이다. 임금이 되려고 마음먹으면 이미 임금의 길로 들어선 것이다. 역적이 되어도 좋다는 생각으로 밤거리를 헤매면 이미 역적의 길로 들어선 것이다. 자기가 무엇이 될 것인가는 자기에게 달렸다.

운명은 차별하지 않는다. 모든 이에게 기회와 재료를 제공할 뿐이다. 바삭바삭, 향기로운 빵을 굽는 이도 있을 것이다. 부주의로 새까맣게 태워 쓰레기통에 던지는 이도 있을 것이다.

미국의 철강왕 카네기의 말이다.

"운명이 레몬을 건네준다면 레모네이드를 만들어 보자."

카네기 말을 믿고 레모네이드 두 잔을 만들어 운명에게 한 잔을 건네며 물어보리라.

"넌 나의 누구니?"

9. 신중년

기다림과 지켜보기 헨리 마크스 1829~1898 영국

인생에 은퇴란 없다

우리의 삶은 진실을 실험하는 도구다.
—탁. 닛한

나의 새 동생 빅토르 가브리엘 질베르 1847-1933 프랑스

　가을이 익어 가는 숲속 오솔길을 걷는다. 치자빛 노랑, 불타는 다홍, 갈색 낙엽들이 아름답다. 아직도 물기를 머금고 있어 싱그러운 낙엽을 주워 책갈피에 꽂으며 묻는다.

"고운 낙엽처럼 누군가의 책갈피에 꽂히는 인생일 수는 없는가?"

노인 연구가의 말에 따르면 현재 65세라면 과거 50대 중반에 해당한다. 평균수명이 길어지면서 가는 곳마다 은퇴가 화두다. 은퇴에 대한 사전풀이다.

'사회활동에서 손을 떼고 한가히 지내는 것.'

한가하다는 말은 외롭다는 말이기도 하다.

이야기 하나 은퇴 후의 삶, 무엇이 필요한가?

여든의 문턱에 선 선배는 백수(白壽) 친정어머니를 수발하느라 여행은 꿈도 꾸지 못한다. 일흔을 넘어선 친구는 손녀딸이 학교에서 돌아올 시간이면 황급히 일어선다. 며느리가 직장여성이라 그렇다. 은퇴한 남편의 점심을 챙겨 주고 오느라 후배는 두 달에 한 번 모이는 선후배 모임에 언제나 지각이다. 이런 삶을 대놓고 타박하는 이도 있다.

"지금쯤이면 자신을 위해 지낼 때도 된 거 아닌가."

고대 로마의 정치가 키케로도 〈노년에 관하여〉에서 말했다.

> "만일 노년이 스스로를 지켜 나간다면, 자신의 권리를 유지해 나간다면, 누구에게도 예속되지 않는다면 노년은 매우 영예로운 인생의 한 시기가 된다."

내 생각은 다르다. 노년이라 하여 누구에게도 예속되지 않는 삶이 가능한가? 그렇지 않다. 누구에게나 각자의 상황이 있다. 타인의 시선으로 볼 때 가족에게 예속된 삶으로 보이지만 당사자에게는 소명을 다하는 시간이다. 그런 친구나 후배를 만나면 말한다.

오후의 일거리 폴 퀴르종 1820–1895 프랑스, 1890

"할 일이 있다는 것은 감사할 일이잖아."

어찌 여자 삶에만 은퇴가 없겠는가. 사업가도 광부도 아빠도 딸도, 젊었거나 늙었거나 살아 있는 동안 은퇴란 없다. 은퇴 풀이에 적힌 '한 가히 지냄'에는 무료하고 적막하고 쓸쓸하다는 뜻이 숨어 있다. 그런 은퇴는 당연히 거절해야 한다.

대학 졸업 50주년 기념으로 여행을 계획한 적이 있었다. 손자 손녀를 키우는 친구는 시간이 없어 기권이다. 허리가 아픈 친구는 걷기에 자신이 없어 기권이다. 시간도 건강도 괜찮은 친구는 예상 외 지출이 많았다며 기권이다. 그때 여행의 세 가지 조건이 정리되었다.

건강 돈 시간.

이 셋은 삶의 필요 요소이기도 하다.

이야기 둘 세월이 남긴 덧없는 흔적들

위에서 논의된 행복의 요건을 허공에 날린 여인이 있다. 그녀는 남의 시선을 한 몸에 받아 왔다. 외제차에 골프도 치고 헬스클럽도 다녔다. 그녀 수입으로는 턱도 없는 지출이었다.

낙엽이 질펀한 가을날 그녀가 살던 아파트를 정리하고 원룸으로 이사를 했다. 옷장 방에 넘치던 그 옷들은 다 어찌했을까? 지켜보는 것만으로도 심란한데 그녀 심정이야 오죽했으랴.

그녀는 청춘이 그토록 쉽게 달아나리라고는 상상도 못했다. 화려하게 살아야 화려한 삶이 찾아온다며 큰소리쳤다. 백일몽에 취해 젊음을 탕진했으니 누구를 원망하랴.

어떤 취미는 좋고 어떤 취미는 나쁜 것이라 할 수 없다. 생김새가 다르듯 각자의 취향이 다르기 때문이다. 남에게 폐를 끼치지 않는 취미라면 왈가왈부해서는 안 된다.

젊음과 여인 엘리노어 브릭달 1871-1945 영국

시인인 선배는 담배를 태우는 모습도, 술 마시는 모습도 멋이 있었다. 옷 색깔에 따라 손목시계 줄이 바뀌는 모습을 보며 그 부지런함에 감탄하곤 했다.

누가 세월을 붙들어 둘 수 있으랴. 어느덧 선배도 스산한 노년에 접어들었다. 입원한 선배의 모습이었다. 화려하던 패션의 멋은 어디로 보낸 것인가. 보석반지로 빛나던 손가락의 윤기는 어디로 사라진 것인가. 화장기 없는 얼굴에 유난히 도드라져 보이는 속눈썹의 을씨년스런 문신을 바라보며 슬펐다.

여자가 나이 든다는 것은 화려했던 만큼 더욱 서글퍼지나 보다. 여자가 나이 든다는 것은 아름다웠던 만큼 더욱 우울해지나 보다.

풀밭 위 여자농부 앙리 크로스 1856-1910 프랑스

이야기 마무리 소소한 것의 즐거움에 감사하며

자녀의 성공에 모든 것을 던진 여인이 있었다. 자녀의 성공이 자신의 외로움을 감당해 주지 않자 허무한 나머지 우울하다.

노년이 행복하려면 가족의 후광이던, 반짝이는 보석이던, 자녀에 대한 기대던 내려놓아야 한다. 내가 아닌 무엇인가에 의지하면 그만큼 소외감을 느끼게 된다. 외로움의 너울을 쓰고 나날을 보내고 있는 친구를 만날 때면 말한다.

　"제발, 자녀에게 외롭다고 투덜대지 마라."

　그 투덜댐은 자녀에게 자기 인생을 책임지라는 억지다. 사소함에서 보람을 찾는다면 행복한 노년이 될 것이다. 프랑수아 를로르가 〈꾸뻬 씨의 행복여행〉에서 한 말이다.

　　"인간의 마음은 행복을 찾아 늘 과거나 미래로 달려간다. 그렇기 때
　　문에 현재의 자신을 불행하게 여기는 것이다."

그대는 어느 때 행복한가?
화초에 물을 주며 생명의 신비에 감탄할 때
뜨개질을 하며 완성의 기쁨을 누릴 때
텃밭을 가꾸며 백배의 기적들에 감사할 때
반짝반짝 가구를 닦으며 노동이 즐거울 때

사소한 것에서 즐거움을 얻지 못하면
어느 곳에서도 행복할 수 없다.

신중년, 텅 빈 레인코트가 되지 않으려면

참된 지혜를 찾고 있는 사람은 현명하다.
—페르시아 잠언

가을 페테르 닐루스 1869-1943 우크라이나, 1893

    지금까지는 청년 중년 노년 등 인생을 세 단계로 구분해 왔다. 100세 시대가 되자 세 단계로는 인생을 제대로 이야기하기가 어려워졌다. 인생 주기를 네 단계로 구분하는 것은 이미 세계적인 추세다. 은퇴 세대인 60

세에서 75세 사이를 세 번째 단계인 신중년(新中年)으로, 75세 이후를 네 번째 단계인 노년으로 구분한다.

2014년 우리나라 신중년 인구는 609만여 명이다. 20년 후에는 1,200만 명을 넘어설 것이라 한다. 은퇴 설계를 미리 시작하라는 권고는 늦은 감이 있다. 하지만 경제에만 치중하면 반쪽 설계다. 무엇으로 나머지 반을 채울 것인가.

이야기 하나 그대 노년이 풍요롭기를 원하면

'왜 우리는 성공할수록 허전해지는가?' 찰스 핸디의 저서 〈텅 빈 레인코트〉의 부제(副題)다. 우리나라 신중년 여자들의 삶이 이에 해당한다. 남편과 자녀는 성공의 반열에 올려놓았지만 자신은 텅 빈 레인코트처럼 가슴이 허전하다. 찰스 핸디의 권유다.

> "신중년의 삶이 풍요롭기를 원하면 젊어서부터 지적능력 쌓기에 시간을 투자하라."

현대는 지적자산의 시대다. 신중년은 청춘과 중년에 놓친 인생을 되찾을 수 있는 절호의 기회인데 지적자산 없이는 그 기회를 잡기 어렵다.

지적자산이란 무엇인가? 정보활용 능력, 기계문명에 대한 이해, 넓고 다양한 문화생활 참여, 인생에 대한 성찰과 예술에 대한 관심 등이 이에 해당할 것이다.

찰스 핸디의 충고를 비웃으며 재물 쌓기에 급급한 여인이 있었다. 하지만 돈으로 살 수 있는 것은 시장에 지천인 물건들뿐이었다.

그녀처럼 시대를 읽지 못하면 아무리 돈이 많아도 정신의 빈곤으로

비에 젖은 레인코트를 입은 것처럼 인생이 춥다. 그녀의 물신주의적 독선을 피해 삶의 터전을 남으로 옮기려는 자녀에게 그녀가 매달린다.

"너희들에게 최고를 선물하기 위해 난 평생을 바쳤어."

앞으로도 최고를 안겨 줄 능력이 있다며 수표 다발을 흔들지만 자녀들은 그런 약속에 미련이 없다. 자녀들에게 필요한 것은 따뜻한 엄마의 사랑이었던 것이다.

그녀의 불행은 어디서부터 시작된 것인가? 금빛 도금을 입힌 지팡이만 있으면 천하를 호령할 수 있다는 생각이 팽배했던 시대가 있었다. 그 시대의 환상에서 벗어나지 못한 데서 온 것이다.

재물 쌓기에는 성공했지만 인생에서는 실패한 여인. 풀어진 눈동자로 지는 해를 바라보고 앉은 그녀를 보노라면 사회학자 존 오닐의 말이 눈앞에 어른거린다.

"현대는 일에서의 성공이 삶에서의 실패를 의미하는 시대다."

이야기 둘 한 줄기 빛으로 다가온 풍경화

찰스 핸디가 그의 저서 〈텅 빈 레인코트〉에서 주장한 내용이다. 모험도 하고 실수도 하면서 초기 단계를 거친 뒤 절정에 이르면 이후로는 달이 기울 듯 이지러지는 것이 인생이다.

이지러진 노년을 원하지 않는다면 은퇴 후를 위한 에너지를 축적해야 한다. 그래야 꽉 찬 레인코트로 신중년을 맞이할 수 있다.

찰스 핸디의 지론에 따른 여인이 있었다. 교정에 쌓인 낙엽을 바라보는데 불현듯 찰스 핸디의 말이 떠올라 자신에게 물었다. '은퇴 후 어디서 무얼 하며 지낼 것인가?'

열망하는 여인 요한 하인리히 보갤러 1872-1942 독일, 1907

의과대학연구소와 강의실을 오가며 생활한 것이 전부였다. 의학박사,
전직 의대교수라는 직함은 오히려 거추장스러운 걸림돌이 될 수 있다
는 생각에 초조했다.

그때 만난 것이 사진동우회가 인터넷에 올린 풍경화였다. 아름다운
풍경화가 그녀의 잠든 열정에 불을 지펴 주었다.

인터넷을 뒤져 사진에 대한 공부를 시작했다. 독학으로 익힌 실력을
들고 여름방학을 맞아 동우회 문을 두드렸다. 그녀와 회원들 사이에는

나이 차가 많았지만 금방 거리감이 좁혀졌다. 그녀의 자산이기도 한 수수함 편안함 다정다감함 때문에 가능했다.

해변 산책 페데르 크뢰이어 1851~1909 덴마크, 1890

이야기 마무리 좋은 만남은 행운이다

많은 사람들이 '아름다운 노년'이라는 말에 거부감을 드러낸다. 노년의 삶이 아름다우려면 엄청난 변신이 필요한 것으로 아는데 오해다. 개성을 계발하여 제2인생을 시작하라는 것이지 화려한 파티 주인공이 되라는 것이 아니다.

미국 화가 로버트 헨리가 〈예술의 정신〉에서 한 말이다.

> "나이가 반드시 아름다움을 파괴하는 것은 아니다. 나이 들어가면서 더 아름다워지는 사람이 있다. 나이는 캐릭터의 확장과 발전을 의미한다."

세상에는 여자이기에 할 수 있는 일들, 소소하지만 즐겁고 행복한 일들이 얼마나 많은가. 찰스 핸디가 전한다. 지금 알 수 없는 허전함에 시달리고 있다면 그대 신중년은 텅 빈 레인코트의 슬픔인지도 모른다고.

푸른 그리움이든
붉은 눈물이든
추억으로 가슴이 따뜻하다면
지금 그대 황혼은 채워진 레인코트다.

노동의 신성함에서 길을 찾다

이상이 없는 노동은 효과가 없다.
—간디

길 만들기 카롤리 파트코 1895–1941 헝가리, 1928

사람마다 지향하는 행복의 내용은 다르지만 청춘 세대는 사랑, 중년 세대는 일의 성공이다. 그런데 신중년과 노년의 행복은 한마디로 요약하기가 쉽지 않다.

은퇴 후의 삶이 길어지자 노년의 행복조건으로 경제 취미 건강 등이 거론되고 있다. 하지만 행복한 노년을 꿈꾸며 은퇴생활을 시작한 순간 시샘하듯 인생을 강타하는 재난이 찾아온다. 불가항력인 재난도 있고 스스로 불러들인 재난도 있을 것이다.

어떤 경우든, 재난이 닥쳐왔을 때야말로 다듬고 데치고 볶고 무쳐내는 솜씨, 쓸고 닦고 가꾸는 정신, 하나로 열을 일궈 내는 노동정신이 빛을 발해야 위기를 기회로 만들 수 있다. 심리학자 나다니엘 브랜든이 〈자존감의 여섯 기둥〉에서 한 말이다.

"나를 구하러 올 사람은 없다. 내가 행동하지 않으면 나아지는 것은 아무것도 없다."

이야기 하나 단순하게 생각하자 답이 보였다

여기 우리 가슴을 아프게 그리고 뜨겁게 하는 이야기가 있다. 십 년이란 세월을 한결같은 마음으로 오른 산행이었다. 눈앞에 정상이 보였다. 이제 그곳에 깃발을 꽂는 일만 남았을 때의 기쁨은 지난날 고행의 기억을 한순간에 날릴 정도로 컸다.

이토록 가슴 벅찬 순간에 돌풍이 불어와 십 년 전에 출발했던 산기슭으로 그녀를 내동댕이쳤다.

그녀는 가정 형편상 대학 진학을 포기했다. 여고 졸업 후 직장생활을 시작한 지 수년. 포기한 줄로 알았던 학업에의 열망이 가슴에 차오르자 억누를 수가 없었다. 야간학원을 다니며 대학입시 준비를 시작으로 신학대학을 수석으로 졸업한다.

어느 순간 열정이 솟구치면 그 길로 들어서지 않을 수 없는 것이 인생이다. 그녀가 그랬다. 어머니를 홀로 두고 독일 유학길에 올랐다. 박사

논문 작성을 위해 자료를 정리하는 그녀에게 비보가 날아왔다. 어머니
가 고혈압으로 쓰러지신 것. 부랴부랴 귀국한 그녀는 독일에 두고 온
꿈을 접어야 했다.

노동 후의 노래 프레더릭 레이턴 1830-1896 영국, 1861

취업해도 그녀 수입으로는 간병인 두기가 어려웠다. 짬짬이 들어오는 독일어 번역과 어머니가 꾸려 온 동네 구멍가게를 정리한 것으로 지낸 지 5년, 어머니가 세상을 떠났다. 그때 그녀에게 남은 것은 방 두 칸짜리 낡은 연립주택뿐이었다.

"처음엔 많이 주저했어요. '남이 어떻게 볼까' 라는 생각을 지우개로 지웠지요. 오후 5시에서 11시 사이 식당일을 시작한 지 며칠 됐어요. 독일에서 아르바이트로 혼자 사는 할머니 집안일을 도왔는데 그 일이 제일 쉬웠거든요."

육체노동의 단순함을 즐기니 마음이 더없이 평온하다는 그녀. 이제 책도 읽고 산책할 마음의 여유도 생겼다며 웃는다.

"이 세상에 천한 직업은 없다. 다만 천한 사람이 있을 뿐이다."

그녀에게 용기를 준 미국 16대 대통령 링컨의 말이다. 누군들 링컨의 말에 공감하지 않겠는가. 하지만 그녀처럼 결단하기란 쉽지 않다. 공자가 말했다.

"자신의 가난을 부끄럽게 여기는 일이야말로 정말 수치스러운 일이다. 오직 부끄러워할 일은 가난을 극복하려고 노력하지 않는 일이다."

이야기 둘 어머니의 노동찬가, 아들의 가슴을 뜨겁게 하다

아무리 긍정적인 성격이라도 낙오자가 되면 좌절하게 된다. 세상은 성공한 사람과 실패한 사람, 뛰어다니는 사람과 유유히 걷는 사람 등 다양하다. 세상을 넓게 보지 않으면 이런 모습이 보이지 않는다. 자기만 불행한 낙오자로 생각된다. 여기서 절망과 포기 등이 생긴다.

부부의 꿈이던 3대독자, 그녀 아들이 그랬다. 몇 차례 취업시험에 낙

방하자 두문불출이다. 그녀의 고민을 눈치챈 친구가 친정어머니를 뵈러 가는데 함께 가자고 왔다.

목련꽃 흐드러진 시골길을 달려 도착한 곳은 거동이 불편한 노인을 모신 요양시설이었다. 그녀는 젊은 직원들의 밝은 표정을 보는 순간, 아들 생각에 눈시울이 젖었다.

그녀가 봉사자로 등록했다. 봉사에 익숙해진 어느 날 아들에게 운전을 부탁했다. 물감을 풀어놓은 듯 싱그러운 녹색 산야, 햇빛 찬란한 시골길을 달리며 아들의 눈빛이 밝아졌다. 기회를 놓칠 그녀가 아니었다. 프랑스 작가 라 로슈푸코의 말로 시작했다.

"무엇을 할 것인가도 중요하지만 어떤 사람이 될 것인가는 그보다 더 중요하다."

요양시설에서 돌아온 후 발걸음이 가벼워진 아들이 중소기업에 취업했다. 사려 깊게 때를 기다려 행동한 어머니의 지혜로움이 없었다면 아들은 어떻게 되었을까.

이야기 마무리 이야기로 밥을 지을 수는 없다

기도와 노동은 분리할 수 없다. 자유의지에 의한 모든 노동은 기도다. 봄날 흐드러진 꽃들은 우주의 노동과 기도의 결실이다. 세상 만물, 조약돌 하나까지도 우주의 기도와 노동의 결실 아닌 것이 없다. 러시아 작가 막심 고리키의 말이다.

"대지와 인간에게 필요한 것은 기도가 아니라 노동이다."

옥수수밭의 나무 아우구스트 마케 1887-1914 독일, 1907

이 세상에 기도 아닌 노동은 존재하지 않는다. 가물거리는 등불 아래서 타는 가슴으로 쓰는 혁명가의 선언문도 기도요, 노동이다. 잠 못 이루는 모든 예술가의 푸른 밤 또한 기도요, 노동이다.

아무리 훌륭한 이론도, 아무리 절절한 기도도 노동으로 이어지지 않으면 잠꼬대일 뿐이다. 미국 펜실베이니아 인디언의 격언이다.

"이야기로 옥수수를 자라게 할 수는 없다."

100세 시대, 4대 리스크에 대한 단상

목적 없이 존재하는 것은 아무것도 없다.
—보들레르

삶의 무대, 인생의 여러 단계 카스파르 프리드리히 1774-1840 독일, 1835

　　캐나다 퀸스대학 철학교수 크리스틴 오버롤의 저서 〈평균수명 120세,
축복인가 재앙인가〉를 읽은 것은 2005년이었다. 그때는 '희망이겠지'
하며 웃어넘겼다. 그랬는데 보험사들이 '100세 보장' 광고를 쏟아 내

고 있다. 현실이 된 것이다.

오래 사는 것이 재앙이길 바라는 사람은 없다. 그래서 100세 시대의 위험을 경고하기에 이른 것이리라. 위험 목록 중에서 '4대 리스크'에 해당하는 항목이다.

돈 없이 오래 살 때(無錢長壽)   아프며 오래 살 때(有病長壽)
일 없이 오래 살 때(無業長壽)   혼자되어 오래 살 때(獨居長壽)

돈 없이 오래 살 때 노탐(老貪)은 노년의 적이다

하루아침에 생긴 돈을 평생 간직하는 사람이 있는가 하면 평생 모은 돈을 하루아침에 잃는 사람도 있다. 돈은 우리가 상상할 수 없을 정도로 냉정하다.

그녀는 결혼한 지 7년이 지나도 아이가 없었다. 더 이상 버틸 수 없어 아내 자리를 내려놓고 집을 나섰지만 갈 곳이 없었다. 그때부터 돈이 되는 일이라면 닥치는 대로 했다. 고생한 보람이 있어 달동네 끝자락에 둥지를 틀었다. 문패를 달며 가슴이 벅차 펑펑 울었다.

논두렁에 앉아 새참을 먹듯 인생도 쉬어야 할 때가 있다. 그녀는 그러지를 못했다. 내친김에 더 많이 가지고 싶었다. 친구가 남편 사업을 자랑하자 투자를 자청했다.

집을 담보로 서민금고에서 대출을 받았다. 친구의 부추김도 있었지만 많이 투자하면 많이 얻게 되리라는 욕심에서였다.

얼마 후 친구 남편이 부도를 내고 구속되자 신용불량자가 되어 거리로 쫓겨났다. 몸도 마음도 망가진 그녀는 정부보조금으로 생계를 유지하고 있다.

한탕주의에 빠지면 빈손의 후회와 아무것도 살 수 없는 눈물만 남게 된다. 영화 〈카운슬러(The Counselor)〉 이야기다. 이혼남인 그가 사랑하는 여인을 만나 새 출발을 하려는데 재정상태가 바닥이다. 변호사의 체면도 버리고 마약밀매 운반책을 맡는다.

운반에 실패하자 조직이 약혼녀를 납치한다. 그녀를 풀어 달라며 호소하지만 수화기 너머 목소리는 냉담하다.

"눈물로는 아무것도 살 수 없다."

아프며 오래 살 때 징징대면 친구들이 떠난다

친구 모임에 그녀가 나타나면 모두들 하던 이야기를 멈춘다. 병원을 전전한 이야기를 시작으로 아픈 이야기를 나열한다. 그날따라 심하게 징징대자 "그럼 집에서 쉬는 게 좋겠구나"라고 총무가 한마디 한 것이 화근이 되었다.

노발대발하는 그녀를 달랠 길 없자 총무가 사표를 던졌다. 까칠한 것은 참을 수 있지만 징징대면 참을 수 없다. '마님병!' 친구들이 지은 이름이다. 이 증세는 돈 많은 여자가 앓는 병이다.

외로움을 은폐하려 아픔을 방패로 삼다 아픔에 갇힌 것인지도 모른다. 권태감에 짓눌려 전신의 근육이 히스테리를 부리는 것인지도 모른다. 상상임신처럼 상상통증은 아닐까. 존 오도나휴가 〈영혼의 동반자〉에서 한 말이다.

> "늙음의 시기는 그대가 여행한 여러 길들을 하나로 모을 수 있는 좋은 기회다. 그대의 삶에 열정을 일깨우고 새로운 가능성을 여는 더없이 중요한 시기다."

소나무 옆 리라를 든 여인 앙리 마르탱 1860-1943 프랑스, 1890

일 없이 오래 살 때 과거를 내려놓아야 미래가 보인다

그녀는 남매의 공부만 끝나면 부부가 함께 여행도 다니며 노년을 행복하게 지내리라 기대하고 있었다.

"계획하는 사이에 일이 벌어지는 것이 인생이다."

폴 퀴네트가 〈인생의 어느 순간에는 낚시를 해야 할 때가 온다〉에서 한 말이다.

그녀 인생이 그랬다. 퇴근하고 돌아와 초인종을 누른 남편이 심장마비로 쓰러졌다. 남편의 빈자리는 너무나 컸다. 무엇을 해야 할지 막막했다. 용기를 내어 남편 근무지였던 은행을 찾아갔다.

지푸라기라도 잡아야 할 처지였으니 망설일 수 없었다.

자작나무 옆에서 칼 라슨 1853–1919 스웨덴, 1910

"남편 직장을 찾아가는 건 쉽지 않았어요. 그때 '길에 떨어진 포크를 보면 주저 말고 주워라!' 는 말이 생각났어요."

새로 발급된 카드를 본인에게 전하는 일을 받았다. 비가 오나 눈이 오나 그 일을 했다. 여성 신학자 도로테 죌레가 〈사랑과 노동〉에서 한 말이 위로가 되었다.

"노동할 수 있고 사랑할 수 있는 사람이 창조자와 일치한다."

천지에 널린 것이 일이지만 찾아 나서지 않으면 일이 나를 찾아오는 일은 없다. 일을 찾아 나설 때의 가장 큰 걸림돌이 과거다. 미국 메이저 리그 명예의 전당에 이름을 올린 전설의 투수 사첼 페이지가 당부한다.

"뒤돌아보지 말라. 어제가 당신 발목을 잡을 수도 있다."

혼자 되어 오래 살 때 외로워하면 외로움이 떼를 지어 몰려온다

불행은 몰려다닌다는 말이 있다. 외로움도 떼를 지어 다닌다. 떼지어 몰려오는 외로움에 파묻히지 않으려면 혼자 즐길 수 있어야 한다.

나는 자주 영화관이나 미술관을 가는데 그럴 때면 혼자 집을 나선다. 감상을 위한 나들이는 편안한 자세로 부담없이 몰입할 수 있어야 해서다.

그날도 혼자 〈세이프 헤이븐(Safe Haven)〉을 보고 상영관을 나서는데 내 또래로 보이는 여인이 말을 건넨다.

"오늘 영화 감명 깊었어요. 시한부 젊은 여자가 죽음을 준비하며 누구일지, 언제일지도 모를 아이들의 새엄마가 될 여인에게 남긴 편지가 한 편의 시처럼 아름다워 가슴이 뭉클했어요."

이 정도 수준이면 혼자 다닐 만하다. 혼자 다니면 짧은 시간에 많은 것을 즐길 수 있다. 삶에는 모든 것이 필요하다. 더불어 왁자지껄도 필요하고 혼자만의 산행도 필요하다.

몸은 마음의 언어라는 말이 있다. 마음이 기뻐 뛰면 몸도 기뻐 뛴다. 나이야 먹겠지만 혼자 즐길 줄 알면 마지막 순간까지 감사하는 삶을 살 수 있다.

부정적인 생각이 그대를 겉늙게 한다

의미를 제한하는 삶은 영혼에 상처를 입힌다.
—제임스 홀리스

앉아 있는 여인 조르주 쇠라 1859–1891 프랑스, 1883

　부모의 부양 책임을 져온 마지막 세대이면서 자녀로부터는 부양을 기대할 수 없는 첫 세대. 이들 세대를 '샌드위치 세대'라 부른다. 100세 시대 깃발이 펄럭이는데 '샌드위치 인생'으로 주저앉아서는 안 된다. 정치 철학자 존 롤스의 말이다.

> "한 사람이 현명하게도 자신에게 가장 알맞은 조건에 맞춰 장기적인 인생 계획을 세운다면 이러한 인생 계획 그 자체가 곧 복지다."

이야기 하나 일흔에도 씨 뿌리는 농부처럼

무공해작물을 재배하는 것이 꿈이었던 선배는 참살이(well-being) 시대가 올 것을 내다보고 주말마다 산 좋고 물 좋은 곳을 찾아다녔다. 은퇴 후 산자락 낡은 우사에 짐을 푼 선배의 둥지는 열악하기 그지없었지만 은퇴기념으로 집짓기를 정하고 행복을 감추지 못했다.

그때 직장생활에 코를 박고 있었던 내 모습에 놀라 선배처럼 은퇴 후 내게 줄 선물로 시집을 내기로 했다. 내가 나와의 약속대로 은퇴 후 시집 제목을 정했다는 소식을 들은 친구의 첫마디였다.

"그 나이에 시를 쓰겠다고?"

이 말을 전해들은 선배가 호통을 쳤다.

"농부가 일흔이라 하여 씨 뿌리는 일을 그만두더냐?"

우리는 많은 경우 고정관념에 빠져 있다. 여자가 어떻게 그런 일을, 이 나이에 인터넷을 배워 무엇에 쓰겠느냐는 등. 고정관념의 대부분이 부정적인 것이 문제다.

"뇌를 열심히 쓰면 80세도 30세의 뇌를 가질 수 있다"는 신경학자 아놀드 쉐벨 박사의 연구에도 "그럴 리가?"라며 고개를 젓는다.

이야기 둘 문제는 나이가 아니라 생각이다

가난한 농가의 열 자녀 중 셋째로 태어난 모지스(Anna Mary Robertson Moses 1860-1961)는 열두 살 때 남의 농장에서 일하게 된다. 스물여덟에 농부 토머스 모지스와 결혼하여 열 명의 자녀를 두지만 다섯을 잃는다.

그림 그리는 마리아 호아킨 바스티다 1863-1923 스페인

자녀를 가슴에 묻은 아픔을 다스리려 수를 놓기 시작했다. 수십 년 계속한 수놓기로 손가락 관절염이 심해지자 수틀을 내려놓고 뉴욕 근처에 사는 딸 옆으로 거처를 옮긴 것이 일흔여섯 때였다. 우연히 손자 방에서 물감을 본 순간 어릴 적 꿈이 떠올라 그림을 그리기 시작했다.

그때 모지스 할머니가 '내 나이 일흔여섯, 종이와 물감의 낭비일 뿐'이라며 부정적인 생각을 했다면 어떻게 됐을까? '떠날 날이 얼마 남지 않았는데'라는 부정적인 생각을 했다면 남은 세월의 적막감을 무엇으로 이겨 냈을까? 긍정적인 인생은 내일 죽더라도 오늘 시작하는 것이다.

그림이 모이자 한 점에 2, 3불을 매겨 동네 가게에 판매를 맡겼다. 수집가 루이스 칼더가 가게에 걸린 할머니 그림을 사 갔고 미술기획가 오토 칼리어가 뉴욕전시관에 전시하면서 유럽 각국이 다투어 할머니 그림을 전시하기에 이른다.

트루먼 대통령이 88세 모지스에게 '여성 프레스클럽 상'을 수여했고, 록펠러 뉴욕주지사가 100번째 생일날 '모지스 할머니의 날'로 선포, 국민화가로 불리게 된다. 101세로 세상을 떠날 때까지 그림을 그린 모지스 할머니가 남긴 말이다.

"인생은 스스로 만드는 것이다. 이전에도 그랬고 앞으로도 늘 그럴 것이다."

이야기 마무리 익은 술처럼 향 깊은 노년이기 위해

우리 앞에는 언제나 가능성이라는 문이 열려 있다. 그냥 오래 살기만 하는 사람과 매순간 열정적으로 사는 사람의 삶은 다르다.

흔들의자에 앉아 양광(陽光)을 쪼이고 있을 때 회상이 가슴을 따뜻하게 한다면 인생을 한 폭의 그림처럼 살았다는 이야기다.

가을날 다홍빛 열매처럼
타오르는 노을빛 노래처럼
농익은 산머루 단맛처럼
익은 술처럼 향 깊은 노년이면
늙음 또한 나쁘지 않으리라.

새 삶을 원하는가? 익숙함과 결별하라

분별 있는 사람은 사건 너머를 본다.
—에픽투테스

사려분별의 우화 시몽 부에 1590-1646 프랑스, 1638

　산업 시대의 격랑 속에서도 아름다웠던 사랑, 전쟁과 혁명의 소용돌이
속에서도 불타올랐던 모성애, 대가족제도의 해체와 정보 시대의 언저리
를 맴돌며 느끼는 소외감 등. 이 시대 노년에 접어든 여성의 삶은 한 편
한 편이 모두 지난 시대의 야사(野史)다.

이처럼 시대의 증언인 어느 여인의 소중한 인생이 손에서 미끄러진 유리잔처럼 산산조각 난다면 그 순간의 절망을 무엇에 비기랴. 이런 충격적인 사건의 주인공이 되고 싶지 않다면 걸음을 멈추고 물어라 한다.

'당당하게 홀로 서 있는가?'

이야기 하나 인생이 산산조각 났을 때

읍 소재지 방앗간 딸이었던 그녀는 엄마처럼 살지 않으리라 다짐했다. 풍류객 아버지 모습은 보이지 않고 새벽부터 엄마 목소리만 쩌렁쩌렁 울리면 이불을 뒤집어썼다. 그랬던 그녀가 엄마 인생을 닮은 삶과 맞닥뜨렸다.

남편이 여객선에 올라 뱃고동 소리만 남기고 떠나자 그녀도 엄마처럼 세대주가 되었다. 유학 생활이 끝난 아들이 결혼을 약속한 여성이 있으니 돌아가야 한다며 이민 가방을 끌고 집을 나설 때의 충격은 남편이 떠날 때보다 더 컸다. 그때마다 옆에 딸이 있어 버틸 수 있었다.

사업체를 정리하고 여생을 즐기려던 때였다. 음악회 초대권이 있어 딸에게 전화를 했다. 그때 딸의 대답이 그녀 인생을 산산조각 난 유리잔이 되게 했다.

"엄마 시간표가 제게 얼마나 스트레스였는지 아세요? 지금까지 우리는 짬뽕 인생이었어요."

마치 허허벌판에 버려진 것 같은 충격이었다. 분하고 억울했다. 유일한 위로였던 딸. 그녀에게 딸은 희망이고 기쁨이고 보람이었다. 하지만 딸의 시간을 돌려줄 때가 온 것이다.

그녀가 혼자 세상으로 나가 또 다른 세계를 만났을 때 비로소 딸에게 매달린 삶은 목마름에 다름 아니었음을 알았다.

지금도 홀로서기를 못해 허둥대는 여인이 있으리니 잊지 말고 전하라며 그녀가 위로받았던 이슬람 격언을 내민다.

"잃어버린 것을 놓고 마음이 목놓아 울 때, 영혼은 새로 얻은 것을 놓고 춤을 춘다."

각성 토마스 쿠퍼 고치 1854–1931 영국, 1898

이야기 둘 잃어버린 세월을 찾아 길을 나서다

용기 있는 결단으로 제2인생을 선택한 여인 이야기다. 그녀 인생에는 가족만 있고 '자기'는 없었다. 한 달에 한번 고향 친구 모임에 참석하는 일이 유일한 자기 시간이었다. 그마저도 외아들을 바라보며 평생을 살아온 지엄한 시어머니 점심상을 올리고 난 다음에야 외출이 가능하다. 거기다 이야기꽃이 한창일 때 일어서야 저녁식사 준비 전에 집에 도착할 수 있다.

모임을 오후 1시로 정한 것도 그녀에 대한 배려였다. 그랬는데 매번 판을 깨며 중간에 일어서니 친구들의 불만이 쌓이고 있었다. 그날도 연신 손목시계를 힐끔거리며 일어설 기회를 엿보고 있는 그녀 모습이 딱했던 한 친구가 입을 열었다.

"넌 지금 착한여자증후군 환자야. 내가 볼 때 넌 중증이야. 시어머니 핑계 대지마. 문제는 너 자신이야."

인생이 와르르 무너지는 충격이었다. 뜬눈으로 몇 밤을 밝히며 생각했다. '이 삶에 나란 존재는 있는가?' 드디어 그녀가 선언했다.

"매주 토요일마다 점심과 저녁은 각자 해결해야 하는데 이를 받아들일 수 없다면 집을 나가겠어."

착한 여자 이름표를 반납한 그녀의 단호함에 가족이 백기를 들었다. 그때부터 삶이 여유로워졌다.

그녀 수첩의 글귀가 반짝인다. 출처에 대한 기록은 없지만 그녀 인생을 바꿔 놓은 내용임이 분명하다.

'세상에서 가장 좋은 벗도, 세상에서 가장 나쁜 벗도 자신이다. 자기를 구할 수 있는 가장 큰 힘도, 자기를 해칠 칼날도 자신 안에 있다. 둘 중 어느 자기를 좇느냐에 따라 운명이 결정된다.'

이야기 마무리 익숙함과의 결별, 자기 안에 답이 있다

대만 멕시코 미국 한국 등 4개국 은퇴자와 은퇴 예정자 3,100명을 대

상으로 푸르덴셜생명이 조사한 내용이다. '행복한 노후신뢰지수' 100
점 만점에 멕시코 57, 미국 37, 대만 33, 한국 20이다. 노후생활만족도
역시 우리나라 은퇴자는 F로 꼴찌다.

제2인생길 마리안네 폰 베레프킨 1860-1938 러시아, 1907

우리는 지나치게 자기 삶을 비하하고 있는 것은 아닐까? 고층아파
트에 사는 친구는 언제나 심란한 표정이라 피하게 된다. 시골로 이사한
선배를 방문할 때마다 선배의 행복에 전염되어 즐겁다. 왜일까? 자기 감
성의 잣대로 행복할 수도 있고, 불행할 수도 있어 그렇다.

우리는 익숙한 것으로부터 떠나기를 두려워한다. 하지만 생각을 바
꾸면 당당하게 홀로 서기는 누구나 할 수 있다.

하나 아들이 외국지사로 떠났다. 홀로 남은 세월을 고민하던 그녀가 에반 프리처더의 〈시계가 없는 나라〉에서 길을 찾았다.

> "땅에 근본을 두고 사는 사람의 지혜는 시대를 초월하여 영원하다."

프리처드의 말에 용기를 얻어 친구가 사는 시골로 옮겼다. 그 후 몸과 마음이 부지런하고 건강해졌다. 그녀는 익숙함과 결별하는 순간이 새로운 행복에 다가서는 순간이라 강조한다. 무료하고 외롭다면 자연에서 답을 찾으라 한다.

시골만이 자연은 아니다. 우리가 원하기만 하면 천지가 자연이다. 정신과전문의 크리스토프 앙드레의 말이다.

> "자연은 우리에게 다양한 방식으로 행복에 다가서도록 도와준다."

은퇴 후의 삶이 은총이 될 것인지, 무료함이 될 것인지는 각자의 선택에 달렸다. 영혼이 행복하지 못하면 너덜거리는 육신으로 은퇴를 살게 된다. 그녀 가슴을 뛰게 한 파스칼 키냐르의 말을 하지 않고 어떻게 마침표를 찍을 수 있으랴.

> "삼라만상은 신의 외출이다."

혼자 놀 줄도 알아야 한다

시대는 변했다. 그리고 전보다 더 빨리 변한다.
―칼 하인츠 가이슬러

겨울의 포고자 토마스 도우 1848-1919 스코틀랜드, 1894

찬 서리로 뒤덮인 꽃밭에는 황량한 바람 소리만 넘나든다. 그래도 그곳에는 희망이 있다. 숨죽인 채 기다리면 어김없이 새봄이 돌아오리니.

인생에서 기다릴 봄이 없는 우리는 어찌하나. 절망하지 말라는 소리가 들린다. 마음만 먹으면 겨울을 봄이 되게 할 수 있으니 유리 식물원을 지어 혹한 속에서도 봄꽃을 피우라 한다.

이런 호사(豪奢)를 위한 유리 식물원은 하루아침에 뚝딱 지어지는 것이 아니다. 언제부터 준비해야 할까. 빠를수록 좋다.

이야기 하나 많이 가진 것은 축복이지만

페테르 에르베가 〈우리는 신이다〉에서 한 말이다.

> "시간이나 나이 따위를 잊는다면 우리는 늙는 것까지도 잊을 것이다. 영혼은 주름살을 갖지 않는다."

유난히 영혼에 주름이 깊게 패여 볼썽사나운 여인이 있다. 젊은 시절부터 재물 쌓기에만 급급해 온 때문이다.

그녀는 모든 문제를 돈으로 해결할 수 있다며 자만했다. 그녀를 바라보는 친구들의 시선은 냉정하다.

"돈만 있으면 못할 것이 없다고 큰소리치더니 결국 돈을 쏟아부어 지은 화려한 새장에 갇혔네요."

그녀는 우정이 보석보다 값지다는 충고를 비웃었다. 가난하지만 사랑을 소중하게 여기는 이웃을 멸시했다. 그녀를 아는 사람은 공작 같은 거만함과 빙산 같은 차가움만을 기억하고 있다. 세월이 겨울바람을 몰고 왔다. 아프고 외롭고 쓸쓸하다.

지난날 우리는 가난에서 벗어나려 재물 쌓기에 급급했던 시절이 있었다. 그러니 그녀 또한 시대의 희생자가 아니겠느냐며 이해하자고 했다.

화려한 새장 에벌린 모건 1850~1919 영국, 1910

하지만 그녀 친구들은 동의하지 않았다. 그녀가 불행한 것은 세상 탓이 아니라 성품 탓이라 했다.

그렇다. 돈으로 비단 옷을 살 수는 있어도 사랑의 감동을 살 수는 없는 것을. 돈으로 꽃가마를 타는 호사를 누릴 수는 있어도 우정의 기쁨을 누릴 수는 없는 것을.

재물만 넘치면 사람도 넘치리라 여긴 오만에 걸려 넘어진 그녀의 노년은 지금 외롭고 쓸쓸하다. 혼자서도 즐거움이 있는 놀이터를 준비하라는 조언을 시간 낭비라며 비웃더니 흘러넘치는 재물을 가지고도 적막하다. 그녀는 지금 거만을 펄럭이며 날아다니다 외로움이라는 이름의 거미줄에 걸린 나방의 모습으로 처량하다.

이야기 둘 행복의 비밀을 만나다

내 영혼이 바스러지는 듯해 직장에 사표를 던지려던 때가 있었다. 그때 나를 위로한 것이 영국 기업가들 이야기였다.

그들이 돈을 버는 목적은 은퇴 후 하고 싶은 일을 하려는 희망에서였다. 세계여행을 꿈꾸며, 포기했던 노래와 춤과 시가 있는 삶을 꿈꾸며 열심히 일하고 저축했다.

은퇴 후 삶이 행복하기 위해서는 영국 기업가들처럼 기다림의 정신이 필요한 것을 그때 알았다. 청춘 시절에 들었다면 그냥 지나쳤을지도 모를 이야기였다.

여기 기다림의 삶을 살아온 여인이 있다. 정치인 아내의 삶은 고달팠다. 살얼음판 위를 걷는 것과 같은 삶이었다. 그녀는 정치인 아내 자리에 회의를 느꼈다.

방황하던 시절 질베르 세스브롱의 소설 〈성인 지옥에 가다〉를 읽었다. 그때 밑줄 친 글귀가 그녀에게 격려가 되었다.

"기다릴 수 없는 것은 사랑하지 않는 까닭이다."

그녀는 기다리는 동안 인생 공부를 많이 했다며 웃는다. 그녀가 기다림으로 갈등하던 무렵 서점을 기웃거리다 헤르비크 뷔헬레의 〈신앙과 정치이성〉이라는 제목이 눈에 들어왔다. 뷔헬레가 말했다.

"우리는 '아직 때가 아니다' 라는 말을 듣는다. 이 말은 느긋하게 기다려도 된다는 뜻이 아니다. 희망을 가지고 인내하라는 말이다."

룩셈부르그 공원에서 찰스 커란 1861-1942 미국. 1889

이야기 마무리 혼자 즐길 놀이방, 미리 준비해야 한다

전문직 여성으로 성공한 독신녀 이야기다. 은퇴한 그녀가 동창 모임에 나와 던진 첫마디였다.

"언제든 불러만 줘. 밥은 내가 살게."

뒤이어 한 친구가 결혼도 싫다, 독립도 싫다는 올드미스 딸에 대한 푸념을 늘어놓자 그녀가 불쑥 내뱉었다. 친구를 위로하려는 배려였을까?

"난 그런 딸이라도 있었으면 좋겠어."

그 순간 그녀를 선망의 시선으로 바라봐 온 전업주부 친구들이 말을 잃었다. 성공한 전문직 여성으로 은퇴한 그녀 앞에 무료함이 기다리고 있으리라고는 상상도 못했다.

그녀는 집과 직장을 오가며 야근과 특근에 파묻혀 지냈을 것이다. 은퇴 후를 생각할 겨를이 없었을 것이다. 한 그루 묘목이 거목으로 자라는 데는 시간이 필요하다. 인생도 그렇다.

산행을 좋아했어야 노년에도 앞산자락에 앉아 산새 울음을 듣는 기쁨을 누릴 수 있다. 우주의 신비에 감탄해 왔어야 노년에도 우주가 보내는 메시지를 듣고 화답의 노래를 부를 수 있다. 은퇴 후 삶이 이런 모습이길 바라는 사람은 없으리라.

미루나무 가지에 걸려 퇴색한
가오리연의 서러운 꿈

서낭당 고목에 너풀거리는
빛바랜 헝겊의 가슴 저린 사연

해질녘 공원에 덩그마니 놓인
녹슨 철제 의자 하나.

| 에필로그 |

마침표를 찍으며

오후의 차 앨런 터커 1866-1939 영국

　여성학을 공부한 적도 없으면서 심리학을 공부한 적은 더더구나 없으면서 여자를 주제로 보내온 미래에셋은퇴연구소의 청탁서를 겁도 없이 받아들였습니다. 많이 조심스러웠습니다. 우왕좌왕하며 50회 연재를 마쳤습니다. 그 글로 엮은 것이 이 책입니다.

　되도록 많은 여성들의 삶을 담아 각자에게 맞는 답을 찾기를 바라며 이야기를 찾아다녔습니다. 서툴고 미진함이 많습니다. 그동안 따뜻하게 격려해 주신 모든 분들께 감사의 마음을 전합니다.

　신현운 사장님의 배려와 190여 점의 그림을 살리느라 수고를 아끼지 않은 이희정 디자인 팀장께도 감사의 마음 전합니다.

2019년 늦가을, 이정옥